繁花

韦斯元◎著

团结出版社

图书在版编目（CIP）数据

繁花／韦斯元著． -- 北京：团结出版社，2023．2
ISBN 978-7-5234-0062-3

Ⅰ．①繁… Ⅱ．①韦… Ⅲ．①诗集-中国-当代
Ⅳ．①I227

中国版本图书馆 CIP 数据核字（2023）第 043489 号

出　　版：团结出版社
　　　　　（北京市东城区东皇城根南街 84 号　邮编：100006）
电　　话：（010）65228880　65244790
网　　址：www.tjpress.com
E - mail：65244790@163.com
出版策划：力扬文化
经　　销：全国新华书店
印　　刷：成都兴怡包装装潢有限公司

开　　本：880mm×1230mm　1/32
印　　张：9.375
字　　数：232 千字
版　　次：2023 年 3 月第 1 版
印　　次：2023 年 3 月第 1 次印刷

书　　号：ISBN 978-7-5234-0062-3
定　　价：52.00 元
　　　　　（版权所属，盗版必究）

诗心似锦，花开有声

——序韦斯元诗选《繁花》

芦苇岸

拿到广西诗人韦斯元的书稿，初看诗集名，便下意识地想到"似锦"这个后缀词。当今的诗歌写作局面，却如"繁花"好看，但要有"似锦"之好用，需要时间检验。

我应承写序，除开篇的自觉外，理由之一是推荐者韦力是我鲁院同学，刚直有范，我很钦佩；再是诗人的自我定位，我的理解是，他在事实层面已经进入到了当下诗歌的"繁花"状态，而把"留待后人说"的事搁置一边，这份实在显见，"繁花"亦是他对多年坚持诗歌写作的形象性提炼，而"形象"是诗意由来与生发壮大的高级情绪。

韦斯元是个多面手，这对他的创作思考摆脱单一格局提供了有力支撑，反映在诗歌创作上，就是表达的丰富和多元。诗集《繁花》本身就分为五个内容繁富的板块。第一辑"岁月静好"，是"诗真"的典型性体现。诗人在岁月之河中静守内心的花火，尽管自身如长夜里的一粒晨星，但诗人于动荡中不弃求得一丝安适，以诗意对抗"冷酷"，并把这份精神诉求当做"绝望中的一根稻草"，看成是"久旱后的一滴甘霖，久雨后的一束阳光"，

"民生多艰"是诗人自我的面对，也是"小我"之外的社会本象，不忘，不无视，就是担当。只有以积极的入世态度，博取"信任与爱"，方能拥有真正意义上的"岁月静好"。第二辑"一抹桃红"，是"诗美"的光芒绽放。集中表现诗与远方的坚守及其产生动力的核心要素，而铸成"桃红"的美艳是"爱"，爱生活的疼痛，爱"错过花期"和季节的轮回之美，爱"一张把深秋寄给春天的叶子"。在于无声处，感知世界的博大，爱人与被人爱当然好，但是"当爱成虚幻"，依然相信生活，即便退守到"独恋镜花水月"，面对"一抹桃红"和"流水"的光阴，喃喃自语，尽诉衷肠，道出春雨秋香，夏热冬寒，更与谁人说的惆怅，则更见担当。尽管现实落寞，诗人依然不减内心的温度，坚信有诗就有灵魂的宽度。第三辑"鉴于史"，是以诗心鉴照读史的真诚回望。面对散逸在文明深处的人事，诗人没有绕开厚重的心灵史的诉说，不管是对先贤的仰慕，还是对历史人物的评判，或者出于文史哲的古今通感，都殷殷切切，深入浅出。那些"在风中翻飞的黄页"在诗人看来，并非轻盈的、事不关己的，而是被升格到"雀跃"的反面，在"细读"中求得"正人正己"的力量。诗人抛开诗意的表层，看重的是以史为鉴，观照自我的考量，把自己及他人置于"镜中"，在"独咏"与"对话"的沉思状态里，去索引更具人性的"前世今生"。第四辑"短歌行"，是"诗史"之于个体的生活现实及其个人化的经验的集束。但凡入"史"的诗意，往往具有不可替代的独特性，正如诗人自己所言："逼仄处，短兵相接，殇，载情载义。横槊赋诗，仓促不及，感于耳目，发于衷。"不管是凭吊，还是回望，有悲伤，但不悲观。一切由"衷"而起之"兴"，是最具人性的个体生命体验之"真"。

那远逝的人物和时间深处沉淀的泛着青铜光泽的文史情感，在转换成纸上诗行时，因凝重而更具力量。第五辑"挽歌，生生不息"，是"诗实"的当然展现，是以挽歌质地对接膜拜的生命重力和灵魂高度。这些最接近诗人精神语言的人，恰恰是诗人以诗存在于世间的底蕴、底气和底子。桑塔亚那说："生和死是无法挽回的，唯有享受其间的一段时光。死亡的黑暗背景对托出生命的光彩。"对于任何人，伤逝是命运必然的归宿。如何看待生和死，或者说，在生死面前，一个人的认知、思考，往往更能展现一个人的生命质量。尤其是，当所有的时间注脚都围着生命的走向而更加动人心扉，那么，此岸的意义就会因彼岸的精神繁茂而发出更为响亮的声音。这犹如坎贝尔言及的——活在活着的人的心里，就是没有死去。诗人对重生与涅槃的期待，展现了更高的灵魂意义。

就诗歌成色而言，韦斯元的诗已有明显的"盛年气象"，这是经世之后的情感外化和自动的生命外溢。"唯有鼓点可以直抵心灵/于是苍穹响彻新春最初的雷鸣/你看那被惊醒的蛰伏者/一个个伸着懒腰，张开惺忪睡眼/大地便闪烁着无数快乐的星星"（《惊蛰》）。蛰伏这一状态，何尝不是诗人自我的精神锻造？"无数快乐的星星"，是憧憬，也是自我修为的形象表达。一种至简的喜悦，和初心相切，与生命内在相关，从而构成一种与真正诉求相回响的花语，繁得通透，绽得有骨。当一个诗人进入他自己的语境，并索得朝向乌托邦的通道，那么，其所展现的，必然具有精神大观的盎然自信。比如"南山"这个意象，在当代诗歌的核心地带，总是被诗人寄望很多，也总有着惊世骇俗的感染力，耳熟能详的莫如著名诗人张枣的《镜中》那句"望着窗外，只要想起一生中后悔的事/梅花便落满了南山"的扑朔迷离之美，和语感赋予的汉语景观，以及这背后诗人的心境呈现。而韦斯元《南山散记》中的"南山"，是一座眼见为实的南方大山，位于湖南省邵阳市城步苗族自治县，正是世俗颂词"寿比南山"中的"南山"，这里的南山牧场，是中国南方最大的现代化高山草原牧场，堪称南方呼伦贝尔，被誉为中国第一牧场。诗人出于朝山的虔诚之心，倾诉真情，直抒真意，道出真觉。"南山！我亲亲的南山/我把自己的灵魂/平静地铺满你碧波般/起伏不绝的高原/一任兴致盎然的游人恣意践踏/一任善良的奶牛/连同一茬茬坚挺的小草啃噬，反刍"（《南山牧场》），"灵魂平铺"与"奶牛反刍"的美学对应，将宏阔的地理通过具化的细节转换成诗学的恣意表达，从而产生"我沸腾的血液注入你跳动的脉搏"的通感。孔子说"圣人立象以尽意"，在诗歌中，"象"与"意"的关系水乳交融，但"立象"的独具慧眼，往往能直观地考验一个诗人的水准。诗中的"意"，直通诗人的意识、情绪、识见、觉醒、智慧、灵感等方面，具有瞬间性和弥散性，而使其固化的手段，最佳方法是"象"的对应。因此，如何见象出意，或纵意于象，很关键。在这个"散记"组诗中，韦斯元是有求索之心的，"南山"这个"象"，无疑就是他梦寐以求的灵魂高度，所以亲之好之，涉之近之，而徙途过程中的见闻与感知，提升了一个诗人应有的期待及其希冀达成的宽阔。我读这首诗，脑海里竟然下意识地联想起"路漫漫其修远兮，吾将上下而求索"的句子来，正好，他有几首诗写到了旷世孤独的心灵舞者——屈原。韦斯元称屈大夫是"秋水之滨的孤独舞者"，具有"绝世独立"的奇才大儒。一首《秋水之滨的孤独舞者》极尽情思之深切，尽显灵魂塑像之激越："把苍天问了，把大地问了/把人世间给问了/可谁都不搭讪，你被迫自言自语" 问天问地问人世间，无知音可朋，无同道可携，而"被迫自言自语"，这是孤独者的写照，一个真正的诗神形象，跃然纸上，回应了"绝世独立"的前述，十分扎心。继而，诗人生发出无限激情，赞美偶像。"你迸射的文字像一串串锐利的箭镞/歃入楚地贫瘠的胸膛/然后在大地生根发芽，整个中原/至少整个中原由此箭镞丛生/大地因阵痛而痉挛/血却从你的心头滴落滴答滴答滴滴答答/就在这迷人的滴血声里/就在这美轮美奂的秋水之滨/你载歌载舞把罹患的忧愁尽情演绎"。这种大音量的全角视野的赋比兴手法，从对屈原的外部形象描述转入起兴者内在的情感风暴，扑面而来一种撞击感和沉重力。可见在繁琐的现实，韦斯元诗心熠熠，他的坚守是向诗而为，以诗为敬。"我想我必须致敬/一心向诗的人们/嗜诗如命的人们/无论如何我得致敬/所有爱读诗，爱写诗的人们/这些极富神性与神同行的人/是我的神，我得致敬"（《致敬诗人》）。不难看出，致敬诗人，其实就是致敬自己内心还有一份高于红尘的寄予，这面精神旗帜的引领，让他活出了属于自己的味道。艾青说："诗是一个心灵的活的雕塑。"我想对于韦斯元而言，这话的深意，不言自明。

诗歌在当代，已经发展到涵盖阳春白雪与下里巴人的更宽泛的领域，一个诗人的写作向度，既有精神高洁的"南山"，也有烟火气的市井情结，不逃避现实，才能称得上诗意的超前与诗艺的超越。在生活层面，韦斯元的下沉度值得肯定。那些生活底层里的苍生，从来就没有远离他的目光。比如《走高者》一诗，写迫于生存的农民工，不惜铤而走险，爬上高楼顶端的雨墙上行走，替人讨回被工头、老板克扣、拖欠、赖掉的血汗钱，而常常发生坠亡悲剧。对于这个现象，诗人采用"记录式"的分行，从"瘦子被众弟兄推举为走高者"入笔，交代这样做是因为"眼下要数瘦子年纪最小/还差两个月才满十八岁/有法律特别保障着呢"。如此"讨薪"方式，荒诞而又滑稽，但背后折射的，是社会阶层的生存差异和人文精神的缺少所导致的无奈。"瘦子骨瘦如柴"、"瘦子本来恐高"，却"拗不过众弟兄"的花言巧语而"成了走高者"。他本是逢场作戏，却不料，在看客的教唆下，最终结束了卿卿性命。"跳！走高者的脑袋塞满了这个词儿/恐惧使得走高者完全忘了弟兄们的告诫/奶奶的药罐父母的拐杖妹妹期待的大眼睛/在走高者脑海交替闪现/楼下的哄闹牢牢地牵住了走高者的眼光/同时产生巨大引力/将走高者活生生地拽了下去"。一个怕死的胆小鬼，最终成了阴曹地府的真正鬼魂。一段时期，这样的泣血情景在中国南方的城市，不乏其例。其实这已经不是单纯的"以最卑微的方式作最惨烈的抗争"的事情了，而是应该是提升到"人性"的高度的一个具有划时代意义的社会课题。反映了在资本横流的世界，人性冷漠不仅在欠薪层面，更在同病但不相怜的同级生态体系之中。围观者一声声起哄的"跳啊"所折射的，是视生命为儿戏的现场。这种如鲁迅笔下"哀其不幸，怒其不争"的群体沦落现象，像一纸诉状，状告着麻木的灵魂。好在经过社会综合整治之后，如今，这种糟糕的局面，有了很大改观。所以，"记录"也是"昭告"，更是唤醒。诗歌的"怨"，在人类的日常生活与社会进程的推动中，能够发挥应有的作用。因此，不难理解，诗人执着内因，在《诗与思》中，他自解——无数次提醒自己/别再耕耘寂寞的诗行/无数次告诉自己/不必为迷惘的离别感伤/但我怎能拒绝梦中与你相聚/思念的话儿又悄悄爬上笔端。显然，是诗歌，找回了属于他独有的存在感，助力他树立了通向未来的鸿鹄之志。

祝愿他在这样一份挚爱中完成自己，完善自己，完美自己。

是为序。

2018.12.25 于浙江嘉兴

芦苇岸，土家族，著名诗人、评论家，中国作家协会会员。籍贯贵州德江，现居浙江嘉兴，系吴越出版社总编辑。

推荐语

●韦斯元的诗写得很有情感，即有真性情在里面。有的诗写得画面感很强，让人如置身于境中。有的诗富于哲理，令人有彻悟之感。总之，他的诗都是言之有物之作，不见无病呻吟之虚。（成曾樾，著名作家、鲁迅文学院原常务副院长）

●韦斯元的诗有着空寂和孤独行吟的景象。空寂者，禅空也；孤独者，驱先也，此二者皆为上境。孤独是其生命的节拍器，先行路径上，一路风生水起，一路柳暗花明，但"能看到世界本真的慧眼，已与人们渐行渐远。"——一个坚持孤独先驱的人，更有资格成为真正的诗人。（西木，著名诗人、诗评家）

目录
Contents

第一辑 岁月静好

第二辑　一抹桃红

第五辑　挽歌，生生不息

第一辑　岁月静好

长夜里的一粒晨星，动荡中的一丝安适，冷酷中的一朵火花，绝望时的一根稻草，久旱后的一滴甘霖，久雨后的一束阳光……民生多艰，唯信任与爱，给你，岁月静好！

立　春

只一天，或一小时
或者一秒，把生命唤醒
然后原色葳蕤于地表，蓬勃
于枝头，然后美
充盈了世界

但是我记住了你
在万物复苏之际
因生长而发出的呻吟
愉悦地抚慰着敏感的大地

冰河一点点解冻
冰块四处游荡
我惦记的朔方，在开河时
正过着小年

镜　子

不断地反映正在发生的事实
从不记录任何过往
就算万分之一秒前的蛛丝马迹
可是我仍然对它深信不疑

我只对它深信不疑
我不相信别人口中的真相
那涂抹了感情色彩的刻画
总难免让真相失真
哪怕差之毫厘

差之毫厘的事实还是事实吗
差之毫厘的真相还是真相吗
所有未知接踵而至
又拽着所有已知匆匆消亡
万分之一秒前的生命已成旧我

真实的我只活在时间的来去之间

立于我面前的造物
平面而又幽深，无异于宇宙黑洞
可以把灵魂一点点从肉体剥离
但是今夜，在昏黄的灯光里
我再度走向它，像展翅于夕照的天鹅
不无惶恐地审视这个
他人从来没能公允反映的人
我想呐喊：看哪，这人！
就是我

但是那只无形的手伸了过来
把我自以为真实的时空瞬间抹去

在它面前走兽不会驻足
就连飞禽中最爱美的孔雀也不会
只有我一样的人类，傻子似的
在它的对立面，无条件地迎接
无条件地放弃

冬日，还有悲悯……

落叶大把大把地化作
泥土的质地，目之所及
那些平静地
休憩于地面的焦黄叶子
像黄脸婆，略显羞赧

没有任何提示或预警
也没有多少人往身上多套了
几件衣服，女人的脸仍是往季光彩
可是冬天，就这样不需任何签证
无声无息的进驻人间
像换防的部队，履行着自个认定的天职

是的，确实，可以确定的是
时至今日，天气一点都不冷
而冬天也确实早已来临

这个冬天估计是看不到飞雪了
古人说过，上天有好生之德
尽管上天也曾失信
让人间朱门酒肉臭的同时也让
路有冻死骨

但这盛世，除了朱门的饕餮
那僻壤之处，却有上苍垂顾
雪花多美，想象那一瓣瓣无边无际的飞絮
在深山老林里，粉妆玉砌的童话
却无法温暖一件不合时宜的单衣
那星星般闪亮的眼睛，渴望
能像刀子，切割心灵

这个冬天，估计不会太冷
它知道，爱其实很简单
正像那一片片落叶，把肥沃，一点点
还给大地

被雨雪淋湿的风

云朵一片片消失于天际
流走的河水又回到了源头
数度凋敝的草木
被一一唤醒，记忆逆袭枯荣

灰蒙蒙的村庄被雨雪整个包裹
寻找前夜破圈而去的耕牛
阿 Q 和母亲瑟觫于村后
冷得发白的山头，看村里
在凛冽中同样瑟觫的房屋

风一阵阵吹起，试图在鳞次栉比中
剔出一条绿色通道
雨雪却铺天盖地阻挠
雨雪淋湿的风负重前行
咆哮裹挟四面八方，积雪

掷向天空，片瓦

练习飞翔

开口朝天的房屋

给了躲在四壁冷湿的芸芸众生

向天哭诉的机会

因为屋顶被湿透的风掀掉

因为有哭嚎赛过风的嘶吼

因为母亲说过像阿 Q 一样的少年

也会长成被雨雪淋湿的风

多年以后，阿 Q 还记得

那个冬天里的觳觫愤懑和不甘

与秋书

秋风一阵阵催得紧呢

最后一片叶子告别老柿树枝头

以叶的身份归队，向土地问安

老柿树得以骄傲地展示果实

满树的橙黄间或深红

在黄昏时分，被秋风借与夕阳

将树旁宁静的老屋渲染

屋顶的片瓦，斑驳的土墙

雕花镂空的窗户，福字倒贴的大门

蹲在门槛叼着烟袋的大爷

绕膝的黄狗，觅食的鸡

金风染过，温暖悠远而苍茫

己亥春节，回乡偶书

秋千悬于两树之间
招呼着过往的风儿
跷跷板一头陷于浮土，一头
翘首天空

灰尘和落叶相伴了多少岁月
就有多少企盼和不舍
锈蚀了的喉咙
更多了些世俗的威严
稚嫩的心灵是远去的童谣

春花谢后夏雨至
秋风一度冬雪临
只遇除夕即立春
不见皓首复黄发
世故是成长的代价

目光与日浑浊者名声雷贯
像秋蝉般竭尽所能
便能招引各路同欲者
看皇帝的新装有多不堪
惺惺者欣欣然如此道貌岸然

当秋千承载不了风
当跷跷板承载不了雨
当门外汉无奈于锈迹斑驳的
栅栏和铁锁，只是
偶尔窥视园内残叶凋零

——能够看到世界本真的慧眼
已与人们渐行渐远

惊　蛰

沉睡了一整冬

远远近近站着的树

高处低处平旷处伏着的草

蜷于洞穴中的青蛙，蛇，蟋蟀或蚂蚁

茧中的蛹

在大地怀里，睡态憨厚

爱，无边无际弥漫

就连天空也不忍打扰

沉默了一整冬

一种姿势保持太久

视野便失去美丽

一种状态持续太久

世界便失去生机

谁说不是呢，都该醒来了

可是，嗜睡的家伙

仿佛退出战场的士兵
风无奈，雨雪无奈

唯有鼓点可以直抵心灵
于是苍穹响彻新春最初的雷鸣
你看那被惊醒的蛰伏者
一个个伸着懒腰，张开惺忪睡眼
大地便闪烁着无数快乐的星星

芒　种

太阳要把土地晒干

农人却给它浇上足够的汗水

一粒饱满的稻子埋进土里

农人抬起的眼

却闪烁期待光芒

世界，因之生生不息

黄姚三题

夜行石板街

一个人，彳亍于石板街

古镇夜灯散落

吐露的清辉

孤独而怜悯

孤独的遇上孤独的便不再孤独

目光与灯光交汇的刹那

热烈中和了冷峻

磨得发亮的青石板上

饱蘸古意的时代之光

不断定义和衍生

升平门，郭家大院，吴氏宗祠，司马第……

一座座青砖碧瓦正襟危坐

曾经的封侯拜相
在上了年纪的街衢
以各自的斑驳陆离，坦露身世
像一个个街坊，在茶余饭后
闲聊家长里短
静穆，和谐，包容
在历史沉淀中完美析出

走过许愿桥，明天的阳光
是明媚的，明天的人群是鲜活的
龙爪树伸出援手，古榕
掏出了心，浩大的爱始终升腾
包裹着投入她慈航般怀抱的人们
把他们难以言表的孤独、失意和不幸
——慰藉

黄姚古镇，山水依然，乡音
依然。只是昨天的人面，如同昨天的风
今夜，我已沉醉。沉醉于黄姚的一缕轻飔
我怀着一颗寻幽探秘的心，任脚步
吻遍黄姚泛着幽光的青石板
而祝福，挂在树梢，贴于四壁
招呼日复一日
熙熙攘攘的游人

黄姚茶肆

朽木搭于石磴之上
错层而置，茶具摆上了
杯盏渴望着茶水，也渴望着
素手和红唇
灯光还可以调暗些，再调暗些
强光常让美好消失
对比度不断推动阴影
一切愈发棱角分明
这茶肆，就连四壁都斑驳得可以
青砖古朴，虚构艺术，撞击人的目光也
撞击心灵
喝茶，影子殷勤拘谨，讨了茶去
紧跟着我举杯，紧跟着我低语
亦步亦趋，不爽毫厘
影子是光的细作
盯稍着人和物的行踪
存在感弱化到需要借助他物
才能感觉，那就随缘
加点空灵的音乐，把音量调到
如第六感般，若有若无
一个人拥有一张茶桌
是一种智慧也是一种奢侈

没有人介入，也没有人理会
香烟从指尖窜出像伊甸园的蛇
联手空洞的情绪
渲染了一花一世界的精致和孤绝
我们喝茶。听音乐。我们
思考。大半夜的，我和影子
惺惺相惜，我们喝茶
蠲空的陶罐
一个个被弃置于墙角
在突破了粉壁的青砖怂恿下
睁大或者眯缝着贼亮贼亮的眼睛
去你的吧，茶不就是让人喝的吗
何苦如此纠结，何必如此不甘
茶香宽容无度，我学着陶罐四下打量
孤独到无以复加的地步
谁都渴望拥抱
像溪流渴望江河江河渴望大海
无人可期，后会无期
有些溪流在渴望江河的寂寞中死去
有些江河在奔赴大海的折腾中消亡
而大海仍然是大海
世界仍然是世界，你仍然是你
但我需要一个朋友，我憎恨影子的嫉妒，
排他和专宠，无奈
身边熟悉的粗制书架

长着边毛的书籍斜倚其上
像一个个胡子拉碴疲惫潦倒的秀才
任由推拉麻木不仁
都老朋友了，起来啦，说说话，陪我
我端起茶杯，影子生怕我被烫着
赶紧帮忙，我们请秀才们喝茶
把他们铁青的脸和邋遢的胡子
弄得茶渍纵横
秀才们开始逃亡，一页一页翻山越岭
山高水远，听着他们高深莫测的告诫
我窥探了许多人秘而不宣的心机
就这么呆着，就这么呆着
把灯光调暗再调暗
影子被迫逃遁，我一个人大大咧咧地走进
缓缓升起的海市蜃楼

广西省工委纪念馆

纪念馆敞开心扉
将所有沧桑和盘托出
悲壮肃穆，云淡风轻，记忆可圈可点
感动了别人也感动了自己

嘤其鸣矣，求其友声
青石板上奔走呼号的先驱

步履和嘱托在历史的天空回荡
深邃而亲切，从来未曾远去

走进黄姚，走进仁爱的传承
在纪念馆墙上，我细数英雄事迹
将心心念念近半世纪的老朋友拜访
钱兴啊，杨汉成啊，姚大年啊…
父辈常常念叨的名字
一遍一遍讲述你们的传奇
从我幼年记事时起

朋友越来越多
血与火的洗礼，光电闪烁
你们脸庞真诚胸怀坦荡，甚至
稚气未脱的目光
都闪耀着高拔于天的理想
青春热血浇灌的土地，种子
发芽了，鲜花盛开了，谦逊的枝头
满是果实

街衢张开磅礴的臂膀
把大红灯笼高高挂上
以盛世特有的豪壮
恭迎四面八方
爱在这里源源不断汇聚
汇聚成一条常流常新的河流

南山① 散记

南山牧场②

在这，海拔一千九百米高度的南山牧场

灿烂的落日下

迎着盛夏南山特有的微冷的风

面对无垠我用生命

大声呼唤你

只呼唤你

不及其余

南山！我亲亲的南山

我把自己的灵魂

平静地铺满你碧波般

起伏不绝的高原

一任兴致盎然的游人恣意践踏

一任善良的奶牛
连同一茬茬坚挺的小草啃噬，反刍

我沸腾的血液注入你跳动的脉搏
我的爱情是你妩媚的明证
此刻，亲爱的
我有多爱你
我爱你高山的红哨③
我爱你澄澈的碧空
我爱你单纯的草茬
我爱你儒雅的奶牛
我爱你憨笑的牧民
我爱你悠然的牧笛
我只属于你

站在这无边无际的明晃晃的余晖里
我尽情地舒展双臂
把你，——奶气氤氲的苍茫高原
紧紧地，搂在怀里

南山公路

西南少有的粗砺峥嵘
汇聚一处
南山，瞬间颠覆所有

惯看柔山媚水的审美

一座座强悍山峰
紧挽彼此肌腱暴突的臂膀
壁立千仞或绵延不绝的磅礴
让蜿蜒其间的公路倍加雄奇

这是一条何其蜿蜒的曲线
九曲回环
扶摇而上
把南山变成一把独弦的竖琴

奔驰于公路上的车辆
是流动于琴弦上的音符
听，在巅峰
有帕瓦罗蒂④独步天下的高音

南山奶牛

不懂伪装不懂掩饰不懂撒谎的
是散漫于南山牧场的一头头彼此独立的奶牛

不管游人的好恶不管游人的静躁
南山奶牛只顾低头啃着同样诚实无欺的草茬
偶尔抬头睁着一双美丽善良的乌黑大眼

打量一下周遭纷繁的人和事
然后低下头，继续吃草

就算与游客合影
奶牛也如此宠辱不惊自然大方坦坦荡荡从容不迫
娱人娱己仿佛娱乐圈训练有素的顶级明星
就算这样吧
南山奶牛仍然不忘初心一个劲儿吃草

南山奶牛把吃草当作天赋使命
就如同她们或已经或正在或将要
为这世界贡献自己全部奶水一样

南山奶牛神一样的奉献着
南山奶牛的奶水养活养壮了一拨拨
并非自己亲生的奶水不足的生命
南山奶牛并不理会自己的奶水养活的东西
是好是坏
南山奶牛
只有南山奶牛把天赋人权的抽象演绎得如此具体

南山牧民

迎面走来一个穿着简单形体单薄的人
穿着简单形体单薄的人手牵毛色光鲜的高头大马

黑红的脸上露出腼腆的憨憨的笑

憨憨的笑露出出奇洁白的牙齿

这个用牛奶洗亮牙齿的人用极其可爱的普通话

与我亲切地打招呼

亲切得让我打心底里认为他就是我兄弟

我的兄弟亲切之后腼腆的问我

要不要体验高原牧场跑马的酣畅

那表情和他的普通话一样可爱得令人无力拒绝

无力拒绝我在高高的南山牧场纵横驰骋

把一颗心扔给了包容无限的高高南山

注释　①南山：南山位于湖南省邵阳市城步苗族自治县西南，最高海拔1950米，平均海拔1760米，夏季最高气温28°C，有著名的南山牧场、老山界、紫阳峰大草原、茅坪湖天然盆景园、高山红哨等景区，世俗颂词"寿比南山"中的"南山"即是此处。

②南山牧场：南山牧场总面积187平方公里，是中国南方最大的现代化高山草原牧场，堪称南方呼伦贝尔，被誉为中国第一牧场。中国乳业驰名品牌"南山奶粉"、"南仔奶粉"即该牧场培养打造。

③高山红哨：高山红哨是南山防空哨所的誉称，坐落于南山牧场西山山顶，海拔1880米。1963年6月，南山哨所升格为部队建制，全称为"中南某部国防防空哨所"。为当时广州军区所建的海拔最高的哨所。哨所设施完备，结构坚固，占地面积13万余平方米，由营房、碉堡、地道、战壕、复球场五部分组成。1969年10月1日，驻军代表周宜珍赴北京参加国庆观礼，受到毛主席的亲切接见，《人民日报》、《湖南日报》等各大报刊纷纷满版登载其模范事迹。同年，哨所被中央军委誉为"高

山红哨"。广州军区与湖南省潇湘电影制片厂联合摄制《高山红哨》纪录片在全国上映。以高山红哨为题材的话剧、歌舞剧在全国各地久演不衰。20世纪70年代,"高山红哨"这一名词在全国家喻户晓。1978年3月,南山防空哨所撤销。2005年10月,潇湘电影集团在此再次拍摄电影《哨所外的风景》。

④帕瓦罗蒂:鲁契亚诺·帕瓦罗蒂(LucianoPavarotti,1935年10月12日-2007年9月6日),意大利歌剧演唱家,世界著名的男高音歌唱家,20世纪后半叶世界三大男高音之一,别号"高音C之王"。

沱沱河

浮于贫瘠的地表

比突兀的高原更加突兀

沱沱河，百倍地把天空漂白

让抽象的圣洁

变成触手可及的具象

我认识的沱沱河

总是一副漫不经心的样子

就算错了方向

也还不紧不慢地流淌

凭着一份担当

从容不迫地孕育两岸

注释　沱沱河，又称托托河、乌兰木伦河，长江正源。

自《尚书》至《江源考》，长江正源何处，不乏典籍述载，然皆无确证。清以降，诸家所识亦仅至于通天河也。

　　新中国成立后，1956年和1977年，地质科考队两次考察长江源头，最终确定发源于各拉丹冬的沱沱河是长江正源，并于1978年1月13日向全世界发布：长江源头在唐古拉山脉主峰各拉丹冬雪山西南侧的沱沱河，源头位置为各拉丹冬的姜根迪如冰川，东经91度07分，北纬33度29分。

　　纳钦曲乃沱沱河之滥觞，集冰川融水，由南向北流淌，经30多公里后与切苏美曲汇合，是为沱沱河。沱沱河继续一路向北，切穿祖尔肯乌拉山，形成长达数公里的峡谷，河岸壁立，高数十米。切谷径去之沱沱河一路迭宕，至于葫芦湖东南，接纳江塔曲，遂急转东去。复奔流130公里，抵达青藏公路之沱沱河沿时，其一以贯之野性，消失殆尽。此处河床宽阔，流速平缓，多散流、漫流、汊流，宽谷游荡，水色天光。立于河沿公路，放眼沱沱河，唯见河水缓缓西来，汤汤东去……

　　十年前偶遇此河，诗兴勃发，然仅作成两节，即无以为继。而今心境寡淡，索检旧作，《沱沱河》突现于卷札，始料未及。忽逢旧作，有如忽遇故友，流年似水，铅华洗尽，却仍不舍不弃，情愫如初。重拾旧作，一时兴起，续以数节，然殊不称意，乃悉数去之。

青藏行纪

我徒步青藏高原
雪山白得耀眼
天蓝得耀眼
微风穿透我的身体
我和喜马拉雅一样透明

雅鲁藏布江
布施着珠穆朗玛的恩情
葳蕤原上
太阳从女孩脸上升起
牧羊鞭儿一脆响
云朵便纷纷脱离天际

洗过灵魂的人
依旧匍匐而行
只有五体投地

才能听到珠穆
安抚躁动的声音

如果允许，我便交出我自己
在这透明的天地间
腾出巨大的胸襟
拥抱这迟迟不愿离去的永恒

观耕记

暮春，看苗寨春意正浓

仿佛一只只甲虫
在预先规定好的线路
或疾或缓，爬行
路陡弯多，小心驾驶
警示牌不时善意掠过
晨曦挂满枝叶
千沟万壑盛满纯乳热情迎接或相送
苍翠托起鹅黄拥抱桃红李白
周遭有暮春近乎耳语的呢喃

走进苗寨
吊脚木楼追逐着欢声笑语
花蕊间恣意绽放糯酒甜香

我坐着温软的春风
看百鸟翩跹于芦笙广场

阿亮姆①与春泥的亲密舞蹈

苗寨的旋耕机，叫阿亮姆
初次到苗寨落脚，阿亮姆
为这方水土欢笑
豪迈的笑声牵引乡亲们的眼光
一条条田塍瞬间被男女老幼挤满

眼睛瞪圆，嘴巴微张
一张张面孔写满期待
阿亮姆究竟有多厉害

急切的目光把肌肉结实的驾驶员
撺进驾驶室
操纵杆任凭这喜欢卖关子的小子
前后左右使唤
一阵兴高采烈的轰隆隆响彻山寨
阿亮姆高高悬起的耕刀徐徐降落
与土地亲密接触的一瞬
"呀！呜——"②场外腾起巨大声浪
把阿亮姆的大嗓门，推出寨门之外

地里，阿亮姆得意地兜着圈子

场外无数眼球跟着兜圈子

耕刀飞舞，春泥翻腾

雄壮而缠绵的舞蹈在耕刀和春泥间上演

韵律和谐，舞步合拍

一曲终了，三刻功夫

一亩三分地疏松平整

像刚出台的蛋糕

巨大蛋糕挑逗乡亲们的味蕾

张大的嘴垂涎欲滴

喷淋机挥洒幸福毛毛雨

背风带的苗岭，春雨，很贵

滴滴如油

季风殷勤地为大地上妆卸妆

唯独冷落了苗岭

被经年冷落的苗岭

面黄肌瘦满目颓废

素面朝天的贫瘠

日夜渴盼甘霖

却形同画饼充饥

精准扶贫，全面小康

扶贫攻坚的壮举
把改革开放成果送到苗乡
激荡人们对美好生活的向往

看，新时代的春天就是不一样
喷淋机高高扬起喷头
毛毛雨便幸福的在田间地头任性飘洒
"呀！呜——呜啦！垛囊蒿厉③啊！"
这雨下的可小可大随心所欲，厉害了
听天由命的历史被彻底改写
柔软滋润的土地里
农作物拔节的声音如此动人心旌

"春得一犁雨
秋收万担米
立春三场雨
遍地都是米
春雨贵如油
多下农民愁
春雨满街流
收谷累死牛"

伴着喷淋机的马达声
人群中有人唱起这歌谣
幸福的歌声愈唱愈响亮

愈唱愈激昂

响彻了整个苗寨

声震云霄

远远近近，地上枝头

一粒粒鹅黄攒动

那一粒粒鹅黄是秋收的希望

奔走在阡陌间的斗笠

将梦打扮，储满

田舍粮仓

注释　①阿亮姆：苗语，农业耕作机的意思。

②呀！呜——呜啦：苗语，好啊的意思。这叫好声表达了一种极度激动的感情。

③垛囊蒿厉：苗语，垛囊，意为下雨；蒿厉，意为追羊。两词结合起来，意思就是雨下得欢追着羊跑，即下大雨之意。由此，亦可想见苗族语境的丰富和美妙。

远去的乡愁

乡愁是家乡的一条小河
乡愁是家乡的一朵黄花
乡愁是老家田野上的一只云雀
乡愁是老家门前的一条老狗

我日思夜想的那条河流
能否再舀回最初那一瓢饮
我牵肠挂肚的那朵黄花
能否始终保持可人的笑靥
我望眼欲穿的小云雀呵
是否还在我那一亩三分地上展翅
我念念不忘的那条老狗
是否还蹲在我那老旧的门前

年华似水去，乡愁渐依稀
乡亲们时常捎来喜庆的话语

新农村建设日新月异——
鲜花满山坡河水泛清波
小鸟鸣翠树爱犬逗人乐
人勤地生宝沙尽始到金
把盏黄昏后恬静且安心
高楼拔地起五谷满粮仓
丰衣又足食六畜多兴旺
村道无杂草村寨换新貌
文娱强心智皆言盛世好

而今我谓乡愁，不过轻烟一缕
风过处点点散尽
遥望家山
处处堆金砌银
那耀眼的光芒
是富足和喜庆

旗　袍

大西南：二〇一八

刘姨娘走了
虚弱的身体与凌厉的风雨
较劲了一百零八年

没人想到刘姨娘这么坚忍
认为她活不过十七八的
在她豆蔻妙龄殁了
预测她活不过四十的
在她步入不惑化了
断言她六十必死无疑的
在她越过耳顺之年
也都匆匆驾鹤西去

刘姨娘就这样一步一步
在时间深处辗转
穿过兵匪灾荒来到这空间深处
给山寨出了一道猜不透的谜
然后躺下，如此安详

身着青布对襟衫
雪白头发梳理整齐
脸上的皱纹熨平似的
表情庄严而沉重
没人能叫她姥姥，除了她的孙子们
刘姨娘身边铜锁终年紧锁的雕花檀木箱笼
终于在她花甲之年的孙子们手里
小心翼翼打开

一件旗袍，被呈现
一张照片，被呈现
时间深处的上海滩，被呈现
身着旗袍的人妖媚而妖娆
脂粉的香味飘过
靡靡之音飘过
历史的大门刚刚打开
又被面红耳赤的孙子们匆忙关闭

奉天：一九三一

从关东进入关内
巧儿像落单的候鸟
在大逃亡的同类中举目无亲

那个刘大勇，绵羊一样
性情从来不配名字的男人，是巧儿的爹
当小鬼子闯进家门时
绵羊从农具中操了一把叉子
他的名字便卡在鬼子三把明晃晃的刺刀间
兔子般温和的娘，咬下施暴者一片耳朵
血和肠子便淌了一地

巧儿爬出地窖时，世界
已和地窖一般黑暗
血腥在土房子里左奔右突
拼命往屋外敞亮处逃逸
十五的月亮把幽蓝的光送进土房
巧儿恍若置身冥界——
娘亲全身血污，脸上大片血痂
像中元节游园人戴的面具
五步开外，爹匍匐地上，侧脸向娘
暴突的眼珠像两个表层蒙了白灰的驴粪蛋子

巧儿哆哆嗦嗦想找根绳子
却摸到娘的肠子，冰绳一般
便一头栽倒在娘亲身旁

"快走啊！快走——"微弱的声音愈来愈远
似从天际传来又往天际传去
黄色的太阳花漫山遍野盛开
瘦小的巧儿骑在爹宽阔的双肩上
彩蝶扑棱翅膀忽高忽低忽远忽近
父女俩逐着蝶儿奔跑，风从身旁吹过
花在摇曳，娘在观望

风骤停，爹脚下一崴，慢慢倒下
娘亲揪心的呼唤落日般苍凉
"醒了……"熟悉的声音驱走巧儿眼前一团灰白
大宝娘、大宝爹、大宝。这世界最可亲的脸庞
渐次明亮，瘦瘦的巧儿终于和大宝一家
像几颗无助的眼泪，掉进了一条
慌不择路的南逃河流里

上海：一九三七

百乐门，夜总会的名号起得挺好
一种米养百样人。这话，娘常挂嘴边
张老板说，你穿旗袍很脱俗

黄老板说，旗袍不适合你，太骨感
杜老板呢，不置可否，一副高深莫测模样

云想衣裳花想容，古人喜欢正话倒说
不像今人如此直白
穿在身上的衣尚且养出不同的色眼
何况吃的米，更能养出不同的胃口
巧儿每经饭局，娘亲的话
总和各路神仙的品评闹番纠结

东北的大棉袄给大宝盖上了
逃亡的人群遭遇了一连队鬼子
机关枪嗒嗒嗒嗒地吐出一排排子弹
大宝挡在巧儿身前，像一只高空坠落的鹰
张开的双臂尽可能地为巧儿遮挡弹雨
巧儿在大宝倒下的同时
失足掉下数丈深的深谷
大棉袄的腰带被旁逸于崖畔的老树枝牢牢抓住
啥东西滴在脸上，带着浓重的腥味
苏醒的巧儿惊恐地仰望崖壁上不断下坠的血滴
四下里静得怕人，好多墨绿的苍蝇在飞

巧儿爬到路上，逃亡的人横七竖八
身上满是弹孔，暗红的孔穴，血
或凝结，或涌流，苍蝇

三五成群地聚集，然后
连片覆盖
巧儿每挪动一步
便有数只苍蝇嗡嗡地飞出蝇群

巧儿找到了大宝一家三口
大宝爹娘死在一处，大宝爹半边脑袋
给打没了，身上还中了两枪
大宝娘身中三枪，满地的血
黏黏稠稠地往路边蠕动
像一条条巨大的蚯蚓
倒在路边的大宝，头和右手挂在路外
滴到巧儿身上的，是大宝的血

大宝和他娘一样身中三枪
巧儿爬到他身边时，他还能咝咝地出气
还能隐约发出"冷。我冷"的声音
巧儿席地而坐，把大宝的头放到腿上
解了棉袄给大宝取暖
不一会，大宝便闭了眼，凝固了凄伤
蝇群飞舞，任巧儿怎么赶都赶不走
又一群没头没脑的羔羊涌来
　个大婶不由分说拽起巧儿一路向南
巧儿便一路懵懵懂懂跌跌撞撞来到黄浦江

把守关卡的官军在甄别身份
翠姨在物色人选
"这妮子质地不错，我带走"
巧儿便在翠姨的调理下穿上了旗袍
"能穿好旗袍的妮子才入杜老板的眼"，翠姨说
巧儿便在杜老板几次鉴定后走进了百乐门

上海滩最美的旗袍只配一个人穿
上海滩最美的人儿得穿最美的旗袍
从此，东北苗条的刘巧儿鹤立于百乐门的鸡群里
夜上海，夜上海……
喇叭花吐出一曲曲甜美的歌
巧儿轻扭腰肢上海名流如醉如痴

一幅幅巨幅海报，身着旗袍的巧儿
令上海市民惊为天人
官太太、贵妇人，就连富家小姐
除了旗袍，不问他装

"夜上海，夜上海……"
刘巧儿载歌载舞，百乐门纸醉金迷
"东三省被日寇侵占了
山河破碎，生灵涂炭
我们却无动于衷粉饰太平，可耻啊!"
大汉话没说完便痛哭失声，铁汉柔情

一圈一圈的把舞池缠绕得大气不出
众人皆醉我独醒，这行状，中国自古就有

说话的是个军官模样的东北汉子
热河一仗与鬼子干完粮草干完弹药
干完弟兄干完刺刀身中十九刀胸部两处枪伤
下弦月孤零零地高挂夜空
仿佛上苍欲零还住的一滴清泪
汉子从死人堆里爬出来时，腥风停驻
血腥凝结了整个战场，孤独的热河怆然陷落

身世像经冬复苏的蛇
狠狠地在巧儿心头咬了一口
巧儿便含泪唱了松花江上风逐浪
两岸瓜果香，日出劳作欢
日落看婆娘
哎，自从鬼子进了村
好景已不再，爹娘惨死刺刀下
哥哥走他乡
回头看看你婆娘
如今啥模样，蓬头垢面在逃亡
盼你回家乡
好儿郎你逃个啥
快快把兵当，扛枪卫国保家乡
送那鬼子见阎王

巧儿的歌唱了一遍又一遍
唱得整个上海滩热血沸腾，像釜中沸水
沸水终于破釜而出，上海会战爆发了
巧儿投身支前队伍
直到上海沦陷
折叠好心爱的旗袍巧儿再度逃亡
一直逃到我深山老林的大山梁

向　往

爸爸在左，妈妈
在右。牵着姗姗七岁的小手
在一个叫深圳的城市闲逛
今天没有功课，爸爸妈妈
休假，多快乐的一天

过年的时候，爸爸说过
深圳有十分漂亮的肯德基
编了号的桌子上摆满烤鸡，
炸鸡，汉堡，薯条
嗯，还有冰激凌，牛奶，雪碧或可乐
姗姗抬起钙质不足的腿脚
迈进那自动开合的玻璃门

哦，忘了带上奶奶了
姗姗急得快哭起来

奶奶！奶奶！
奶奶的脸贴在肯德基的玻璃窗上
身后，一条小黑狗，一头大白猪，还有
扶贫工作队的叔叔阿姨送的四只小黄鸡
五只小黄鸭
从农村来到城市
它们和姗姗一样，有点拘束
整齐地排队，眼睛却贼亮贼亮地
朝窗里瞅

奶奶，奶奶……
姗姗，起床了，该上学了
奶奶满是皱纹的脸映入眼帘
姗姗露着棉絮的枕头
洇湿了一大片

一条落荒而逃的河流

落木无边无际庇护

让涓涓细流一路蹦跳嬉闹

那赏心悦目的景致

那不可名状的天籁

就在某个午后

因落木被昂贵地出卖

与伐木工的斧头，油锯

而定格为日益斑驳的

照片

这是一个极其严重的后果

直接击垮了一条豪迈的河流

这是故乡唯一的一条河流

这条绕城南而过的

曾经有爱有故事的，河流

一下子从生机勃勃跌入老态龙钟

像罹患疑难杂症的老妇
脾气乖戾而怪异

老态龙钟的河流整日
无奈地承载着人类种种
率性而为甚至
毫无理由的废弃
痛苦地挪动满是悬浮物
饱和度超高愈发干瘦的躯体
沿岸的人们日夜听到
河流揪心的"嚯~嚯~"声
以及河流嚯出的阵阵恶臭

有人说这是一条病河在哮喘
有人说这条病河在梦呓
最后一个垂死的老者留下
临终遗言，这条与他同样情形的
病河在诅咒

从此人们看病河的眼神满是厌恶和不屑
从此病河像个违背了公序良俗的弃妇
被人们一个劲儿往身上投掷
但凡称得上垃圾的东西
而沿岸的居民竟然引领了
出门则戴口罩的时尚

为故乡平添了几分难得的神秘感

时令进入秋冬季节
故乡的这条唯一的河
无力地躺在妓女床般的河床上
痛苦地扭曲着骨瘦如柴的躯体
那上气不接下气的挣扎样儿
仿佛一个喃喃自语无处申诉的怨妇
在无尽的悲苦中翘首上天垂怜

就在这年冬季的某一天
人们到处叽叽歪歪的传唱
冬季到台北来看雨
可是雨没落到台北
却全都极度兴奋地赶往故乡
黑咕隆咚地让故乡没日没夜
没天没地找不着北
闪电试图撕破黑幕却瞬间，被黑幕吞噬
阵阵冬雷震耳欲聋
威力无比彻底推翻千百年前情誓
以否定方式所下的定义①

雨，雨啊
雨呼啸着倾泻着
长期的压抑把不羁推上极致

豆大的雨铺天盖地狂轰滥炸

攻陷了一座座疏于防守的山体

继而抹去一座座人类

引以为荣的建筑

山洪翻滚着咆哮着

以摧枯拉朽之势冲破一切阻挡

拽起故乡那条垂死的病河

朝东南方向逃亡

雨过天晴

山洪退走

而今，故乡那条企图

逃之夭夭的河流

为尾巴所累仍旧

无助地躺在灰暗的河床上

忍受人们的虐待和调戏

　　注释　①此处化用书典。古乐府《上邪》中，女主列举了山无陵、江水为竭、冬雷震震、夏雨雪、天地合这五种在当时绝不可能出现的自然现象，来表达自己对爱情的热切渴望和不二追求。可斗转星移、时序更替，千百年后的今天，除了山无陵、江水为竭、天地合这三种自然现象没出现外，夏雨雪（即夏天降雪）的现象偶有发生，冬雷震震现象则颇为常见已不足为奇了。——难怪乎现如今人们对待爱情的态度如此的任性轻薄。

那片海

那片浅海
海水连片溃逃
在人头攒动时刻

而薄暮时分
人影稀疏，只剩机器
嘶鸣如战马
吓坏了的海水，惊弓之鸟般
还在，一个劲儿遁去
阵地大块大块丧失
海螺扇贝俯拾皆是
像狼狈不堪的盔甲

这多像一个梦境
远处的海子

怯生生地朝原来的高度张望

真的好担心，胆怯的海水

不再回来

甲申夜，与瑶族老庚共处一室

出差，公干

签到后领取房卡

我与素昧平生的瑶族老庚

共处一室

子夜，宴罢归寝

瑶老庚说：回来啦，我打鼾，

你会睡不安稳

我说没关系

洗漱完毕，看他已然入睡

并无动静

我笑，吓人的话，挺好

他不睬，我想，睡了好，静

倒头大睡，一觉天明

醒来，心情好极

你醒啦，羡慕你睡得安稳，不像我

瑶老庚言语疲惫

话音未落，鼾声大作

仿佛管弦乐队演奏

舒缓处极致悦耳

声断意连令人揪心

高亢处门窗共振

排山倒海惊心动魄

我把雄壮乐曲中舞步踉跄的杯盘

置于铺满毛毯的地板

暗自庆幸这老庚夜里失眠

管弦乐的音阶不断攀升

叽——哩！咕——噜

叽——哩，咕——噜噜噜！

两支管弦乐器尽情演奏欢乐颂

我洗漱，弄了恁大声响

皆被威武乐章淹没

　　注释　老庚：在南方苗族、瑶族语境中，老庚即同年，亦即兄弟之意。

时　间

无以计数的生命，以点的方式和资质
在无穷的宇宙
站成一条直线
所有的点，被安置，不可缺
我却臆想当点缺位时
残留的线段和射线戳穿和撕裂宇宙维度的壮举

是的，有多少个点，就有多少个极不安分
就算更改不了位置的默认值
意识也始终游离于位置之上
告诉你吧，你活着，你思考
你懂的，这世界
有机物计时，无机物被计时

合　璧

——题自临画《富春山居图》

无用师卷和剩山图

隔着一道海峡

各自展示的美

无与伦比，但终归残缺

不过一衣带水

如果人，心忧天下

便可随时跨越，成全

饱经沧桑的残卷

亲切拥抱，以灿烂的笑容

抚慰曾经破碎的心

还原完整的家山

富春江上的风月，自会轻柔的

吻去世代苍凉的泪水

致敬诗人

我想我必须致敬
一心向诗的人们
嗜诗如命的人们
无论如何我得致敬
所有爱读诗，爱写诗的人们
这些极富神性与神同行的人
是我的神，我得致敬

行走在一条河流边上

——中国新诗百年祭

这确实是一条大河

从此岸望彼岸

景观模糊，如雾里看花

河面宽敞，河水静默流淌

像一个孤独老人

是的，我想，它应该步入老年了

神秘而沉静，散发着旷古的魅力

从先秦汉魏晋五代十国

从唐宋元明清民国，而今

这条河流经历了它该经历的所有时期

我行走在大河边上

溯流极目，感慨生不逢时

顺流展望，却也有些许慰安

河流未尽天年

这是一条据说有大鱼的河流
我徐行河沿
看见的尽是倒悬于天空下
薄如蝉翼的大鱼标本
却也风吹不走，雨打不破

大鱼难道全游进故纸堆了
我目光如炬
企图引燃这滋养神性世界的液体
佐证河流现今仍有大鱼的传说

在这条能够让大鱼存在的河流边上
我兀自前行
有时如闲庭信步，有时披荆斩棘
阳光普照河面泛起金波
风雷激荡河面掀起巨浪
这河面，有风摇月影，更有
萤虫争辉

这河里，有水草摇曳，有虾儿腾跃
有小鱼摆动漂亮的尾巴和鳍追逐嬉戏
不见大鱼

疑　点

一

太阳自苍穹划出一道弧线
母亲深深地裹住我的双脚
于是芸芸众生皆视我异类
人们被金色的柔丝缚住了

人们围着我寻找亘古的寄托
循着古道太阳抛出怕人的焦虑
有一天我抬头望日月亮却透出一片红光
那条古道呵

二

院子里那颗怪树皮质斑驳

拴着古老的石磨咿呀千年的悲哀
推磨的不再是那头蒙眼的蠢驴
传说老汉顶职时驴儿早已超然物外
因而老汉又留下许许多多关于人
与驴与磨的传说
老树以皮质腐朽枯叶凋零更生
石磨仍在哼着黄腔的古调
老汉的传说就伴着石磨的咿呀和
老树的枯荣长出缕缕隽妙的藤蔓

三

老汉还在绕着石磨跑
很多孩子还在跟着老汉跑
很多人就这样又跑出一条深邃的古道
墙外有很多奇怪的眼睛

乡村印象

老旧的破水车

有月之玉指

轻扣锈迹斑驳的璜片

如水鸟

凫着粼粼波光

晶莹闪烁

缕缕暮烟般袅袅柔情

如枭

浩瀚的音域

激荡无垠的荒芜

然后以无限威猛直指艳阳

然后光芒

淹没一双硕大的

长于地表的眼睛

然后留下一扇飘摇的翅膀

晃荡整个星体
衍生旷古的辉煌

观斗牛纪略

斗牛场泥泞
污水横流奔向低洼
必胜和无敌，两头公牛
素昧平生，对峙
雄健。威武。冲动。孤傲

口令枪打响，青烟还在枪口袅娜
公牛已相向奔袭，迫不及待
四角相撞，咬合，再相撞，再咬合
噼哩啪啦的声响，像热情的鞭炮
场外呐喊嘶哑，兴奋点节节攀升
锐利而坚固的角，唯一的武器
撞。勾。挑。绞。绊。歇
十八般武艺亮相，无端的深仇大恨
四目充血，血仍在血管奔命，终于
头，角根，脖子露出破绽。血，一丝丝渗出

皮开肉绽的角力者
在人们声嘶力竭的挑唆下
展开了一个回合接一个回合的搏杀
必胜将角尖轻轻剜入对手眼睛
只一挑，眼珠子便腾空而起
坠落。血液画出的抛物线，像单色的虹
必胜！必胜！必胜！场外狼嚎撕裂空气

无敌只眼血红，哀兵反击，攻势格外凌厉
锐利的角尖楔入施害者阔大的鼻孔，拖拽
鼻孔帛裂，裂缝很白，继而霎然敞开
血，带着灼热体温喷泉般激射
场上的污水瞬间呈现一片迷人的橙红

无敌！无敌！无敌！场外狮吼，欢声雷动
无敌满头血污，昂首危立
傲视群雄，收获人类廉价激赏

回看动物世界
群牛迁徙遭遇虎豹豺狼
那些健硕的公牛或自顾奔命或作壁上观者
却没有一头奋起抗击
自救，或向罹难同类伸援手

闪电，必将拯救荒原

闪电，威力无比的光之刃
从天庭直劈而下，漆黑的天宇一如帛裂
从豁开的口子
战鼓惊天动地一阵紧似一阵，催促
光明与黑暗较量有如亡命之徒

被瞬间照亮的寰宇如失血过多的美人
苍白的脸了无生机，谁来拯救
你看到的满目眩光，你听到的贯耳霹雳
那阵势，何止摧枯拉朽

在天昏地暗中绝望的人们
如果期待不到阳光，至少
可以期待一场惊心动魄的暴风雨
只有在长夜里苦苦煎熬的人
才懂得晨曦的透明

只有在重度污染的大气层里几近窒息的人
才懂得雷雨之后的自由呼吸

但是，对我而言
所有这些，都不足以令人振奋
我爱这划破黑幕的白刃
期待上帝之手，剑指这片蛮荒昏黑的墓地
以最美的光，直击已死或将死的魂灵
让先贤复活，让将死的心充满活力

勇士在撕杀，战鼓在震荡
白驹过隙，我看见生命的尽头
却蓬勃着无限生机
没有谁比我更懂，这闪电
必将拯救一个沦落多年的荒原

一个人的灯火辉煌

出门一把锁

进门一个人

日子一天天过去

一天天来临

白昼是枯燥乏味的生活

夜晚有孤独而绚烂的梦幻

掸掉身上忙碌了一天的尘埃

走进居室，打开所有灯盏

让斗室瞬间辉煌

灶台纤尘不染，碗筷排列整齐

像一组条形码嵌在锃亮的消毒柜里

蓝带雪花让冰箱充满激情

康师傅为冰箱倾注一线生机

多年以前有人说过

牛奶会有的，面包也会有的

我尊他为无所不能的先知

洗澡，拧开热水器把水温调好
洗发水沐浴露安分守己，像候选的美人
花洒喷着温水，头发湿透，全身湿透
洗发水上头，沐浴露着身，泡沫闪亮堆积
水雾迷濛，芳香四溢，我像圣诞老人
就扮一回圣诞老人吧
即便脆弱的快乐，也能略微抵挡强大的孤单

披上睡袍，打开音乐
熄掉所有灯盏，听到田园的蛙声虫鸣
命运把门敲响
看功放机频谱升降连同香烟明灭
这光色任由旋律推动
却是格外分明，在浓重的睡意里
敷衍杳无边际的辉煌灯火

一个人静静地享受黑暗

光明与黑暗此消彼长
互为首尾相依相伴
看累了光明，闭上眼，就是黑暗

多惬意啊！黑暗让我得以
卸下面具卸下所有貌似强大的伪装
或蹲或坐或躺，点燃一根烟
嘬嘬停停，烟火在无边的黑暗中闪耀
烟圈遁于无形

此刻，没有人会无端地裁决
我吸烟的姿势是否雅观
夸张地做个鬼脸，扭两下腰肢，
绕墙根踢踏一圈，来个倒立，无伤大雅
一切遵从内心与他人无关
我独自静静地享受黑暗

赞美这与光明并存于世的恒常

赞美黑暗
世界便会冒出许多茫然
尽管夙兴夜寐无人例外
当合理存在被打上
否定的标签，所有正论都成悖论
刚从犬儒时代走出来的人们
惯用二元思维定势评判
我拿他们真没办法

你若慎独，黑暗何罪
检验君子德行
即便灯下黑，也能揭下画皮
现形的小丑歇斯底里
而我，同为舞台一员
一个人，在黑暗里渐入佳境

礼赞黑暗
所有生命，终将
归于黑暗

我与生活格格不入

一部部典籍整齐列队

像规矩的卫兵

眼睛驱使手，大脑驱使眼睛

从伊利亚特到哈姆雷特

从茶花女到百年孤独

诗也好剧也罢小说更是闲读

生活本来麻木，缺少了一份敏感

没有人喜欢愤世嫉俗

沉浸于声色犬马的人们

往往耻笑品行高贵的灵魂

当金钱和性成为众生津津乐道的话题

柴米油盐酱醋茶像殉葬的宫女

无人在乎它们本分的意义

我日复一日观看天上的飞鸟

水中的游鱼

嗅着日渐腐朽的花香

感喟韶华之易逝

可生活，我最挚爱的生活

始终像一面顽强的盾

拒绝我渴望光荣的矛

我与生活格格不入

月亮依然年轻

夜幕降临

无边无际

厚重的黑幕

出现漏洞

泄露了天机

宇宙遮掩不住秘密

天外的光投映过来

清清冽冽地洒向人间

我们都从那里来

却永远无法再回到那里去

来时的路口结成深邃的伤疤

被封存的记忆只能在梦寐中重构

神明一样的伤疤神明一样的被崇敬供奉

它照亮过不周山的共工

照亮过长安城的捣衣女

照亮过一代代前仆后继的人们
长照着亘古不变的山川
而今，它依然清辉铺洒

照过白垩纪的月亮依然年轻
面容皎洁和我年纪相仿

目　光

深邃的苍穹

银河系璀璨，银河系外

所有星体一样璀璨

仰望星空心灵会阵阵悸动

一双无垠的眼睛

默默注视，坦荡而悠然

那目光你看不到喜悦或哀伤

高兴或愤怒，肯定或否定，褒或贬

它不带任何感情色彩

只是默默注视

鸟儿从天空飞过，它注视

云儿在天空聚散，它注视

日月普照寰宇，它注视

雨飓轻抚大地，它注视

它注视着天地间万物的存亡

就连小草拔节落霞溺水
也从没错过

这双注视过旧石器新石器冷兵器热兵器的目光
注视了祖辈扶犁的身影注视了父辈冶金的璀璨
注视了我们的一举一动
总是那么慈祥，从不张扬
你若敞开心扉那目光便直抵灵魂
每当身处暗室
诱惑引燃欲望
那双硕大的眼睛便会呈现
暗室顿时通透，欲望遁于无形

漫步街市，看红男绿女奔忙
徜徉田园，尽享蛙鸣稻香
走到水之涯畔，歇脚处云烟滔滔
伫立夜幕之前，心海里风平浪静
此时此刻你若抬头
仰望星空仰望那目光
便是仰望了幸福

一座有良心的城市

——致北海

这是一座有良心的城市
你看她身上，每一处
都如此整洁
自然而纯净的空气
让奔忙于这座城市的人们
自由自在地呼吸

这是一座开放的城市
她博采众长兼收并蓄
不断提升自己的品味
时刻以海的博大与包容
向所有造访者呈奉
奋斗者所亟需的一切良机

这是一座有修养的城市
交通岗上所有手势

都是能祝你平安的致意
车水马龙，游人如织
斑马线上的道德
让整个城市的交通畅行无阻

这是一座美轮美奂的城市
一座与浩瀚大海唇齿相依的城市
既粗犷坦荡也柔情深藏
榕树，棕榈树，凤凰花……
一草一木平安成长
扑面而来的绿荫
洋溢着前行者的愉悦与商埠的繁华

北海，一座了不起的城市
一座有良心的城市
这城市的良心
如日月之昭昭
庇护所有，让一切安顺

凤凰树

凛冽的寒冬
凤凰树孤独地守候
树冠上仅剩的几羽叶片
从萧瑟里蹦出生命的倔强

栽培凤凰树的人
从未想到它此刻模样
只是春天满树的雍容
让他们动了凤凰于飞的念想

那天我竖起大衣领子
走过这城市空阔的街道
北风突破了漫长的海岸线
风过处，有市民惊呼
说是看见了传说中的凤凰

我抬眼望去，凤凰树光秃的枝丫间
几片凤凰抖落的羽毛
上下翻飞

第二辑　一抹桃红

当爱成虚幻，这世界，我独恋镜花水月。
一抹桃红送流水，谁人听取，花辞枝头语。

一抹桃红

一瓣，两瓣，三四瓣……
站在桃树下
静听花开的声音
那花语温软
在一片桃红里
像传说中的吴音

往事如烟，每每想起
他便心旌摇荡
甜蜜而怅然
那些年，这里仅有一株桃树
他把梦筑在树下
当轻佻的春风抽身而去
不能自已的花瓣便无边无际飘零
红了满目青山
红了一江春水

而今想来，看看春天只剩背影

他无法原谅自己

独自把美梦做到了极致

就算留住春风

也好过，这故地

布谷声微，群山苍翠

却等不来一袭芬芳

一抹桃红

暮春，我徜徉于一片青葱的草地

我徜徉于一片青葱的草地
阳光深藏于晶莹的水珠之后
已是暮春时节

南国，处子般腼腼腆腆
那山，那水，那春深草木，以及
未及凋敝的花
隐隐约约，平添了几分羞赧

树，早已不见了疏枝
活跃于树梢的信天翁
有一茬没一茬的啼鸣，仿佛
呼唤迟迟不见的星月
露珠的生命被水雾延续
在暮光中眨巴着困倦的眼睛

花儿都理直气壮地清醒着
注视着我移步草地的身影
我的步履轻盈得几近无声
迟开的花却依然听得格外分明

想到先贤非礼勿视的叮嘱
我感同身受了偷窥者的仓皇
瓜田李下同样有君子的忌讳
想我举步维艰的样子，一定可笑
像一个一边漫步一边思考的思想者

挂满水珠的小草低垂着卑微的头
无条件接受的胸怀令人愧恶
草根旁的一些枯叶已沉沉睡去
用自己的梦，完成了对大地深恩的最后回馈

我想我不是思想者
我想象我是思想者
思想者思想着无人能思想的问题
思想者思想着人人都思想的问题

别

你和我，于宿命之点，驻足
面染夕照而后反向而行
拉开的距离，空气
趁隙而入
人在伤心时候
雨便升腾，天空瞬间掩去

冬螟不知炎夏
夏虫不可语冰
一只蜷缩一隅的蜉蝣
迎接或目送你，每次错过
像飞雪中的火焰
像盛夏里的冰凌

何其短促的一生
却宁愿远望一朵花

孤独终老

花果，无花果，花无果
爱情通过植物展示
不同的因子或结局
你以最美的第三式示我

每次想到你渐行渐远的背影
雨便满世界地下
豆大的雨点便装饰了窗花

夏日，午后，一种无以名状的痛

身影赖在烤了瓷的地板砖上
刮了腻子的天花板也悬挂着
阳光明晃晃的，你在哪
而我，是在窗前吗

人在恍惚的时候最需要安静
我的身影安静下来
一个形而下，一个形而上
辩证着仅属于我和影子的时空

多情的风，很恼人
幽兰散发隐约的香气，像临死者的呼吸
缸里的死水浮出缸面，泛起微澜

一片舞蹈的叶子直击瞳孔
阳光疲软的覆盖其上

发出蛊惑人心的安静
直接诱发彻骨的冷
盛夏与我没有关联

风在煽情，草木兴奋
昆虫即兴诵诗，我想
可不可以允许目光
越过万水千山遥望

银滩之夜

月华清冽如水，让细沙闪亮
漫长的海岸线裙裾飞扬
白昼的鸥鸟低翔于子夜的银滩
惊艳着破碎的时空和心房

沙滩上留下了无数脚印
无数脚印被无数脚印无数次覆盖
像电脑硬盘里的数据瞬间面目全非直至消弥

我的脚印覆盖了谁的脚印
又被谁的脚印亲昵或遗弃
如果脚印遇上脚印，是千年修来的缘分
谁曾与我一道修行了千年

或许没有，应该没有
就像死于沙滩上的螺与贝

终其一生，也从未有过拥抱的温馨

绵密的沙滩，像成熟女性的躯体
衬着远处微茫的海水，柔软起伏
媚惑着远远近近的渔火
让海螺为之向往
让贝壳为之叹惋

今夜，我俯身拾起一粒盛满月华的贝壳
夜风轻轻掠过
大海深沉森远的浅唱
充满幽怨也充满了爱慕

一粒红豆卡住了四季

一条河，无忧无虑流淌
二十年如一日

一条河，懵懵懂懂流淌
二十年如一日

只是七千三百多个日子的平静
终结于想来懊恼的事件里
那是河流遇上了红豆，一粒红豆
卡住了河流，河水泛滥
没头没脑地丢失了原来的方向

一粒红豆卡住了河流
一粒红豆卡住了日子
时间的节点是一道罅隙
过滤每个人一生的遭遇

当罅隙疏漏不了一粒红豆
桃花，玫瑰和红豆便以最短的周期轮回
被红豆卡住的四季
除了红豆以宝石般的果实遍地呈现
满世界只有无边无际的花色花语

我浸淫于粉色横流的境地
四季之外，同样孤独的人
兀自展开一场孤独的行旅

错过花期

见过花容，略解花语
冷面冷语装饰的城市
像老家深秋的飞絮

我想故土的厚重
无处可与匹敌
漫山遍野的花树
从未辜负四季

走进树木丛生的山沟
期待与含笑惊艳一遇

毛毛——
八婶提着篮子神一般慈祥
满篮子的蘑菇满林子的树叶
在八婶唤我的乳名声里喜不自禁

城里人就是少了识见

花开花落终有时

三月含笑花开

四月花已凋零

此时欲寻含笑

你错过了花期

八婶唠嚷个没完没了

我一摸脸颊却感觉了温热

那天八婶的小女恰巧回家省亲

绿草满山坡白鹭飞过河

江南春咏

时令乍暖还寒
褪去灰黑的颓废
我的江南
满目绿珠初绽
如婴儿天真的眼
在草木末梢
探头探脑张望

拂面微风
一阵暖似一阵
绿水笑逐颜开
倒映嬗变苍穹
不同色彩
在各自位置
自觉填空

蜂飞蝶舞
鸟语花香
风景依旧
伊人何方
天地情缘
念之断肠
归去来兮
江南心上

诗和远方，因你而美

诗，远方，一开始不过是个谎言
那是风对云的善意欺骗

风告诉云，远方，很美
远方，有诗
云便随风去向远方

追逐着风走了很远
沿途却不时遭遇荒凉
云便停驻，洒一阵悲悯泪水
感动了河流，成就了绿洲

远方有多远
风走过的地方云走过了
云走过的地方水接踵而至
远方于是有了更多生命的企盼

你的心，是一朵追风的云
追着风一路前行
远方在何方？当他乡成故乡
远方还在远方，故乡已然远方

不必抱怨苦旅漫漫
不必埋怨风之任性刁钻
你且回望
你的诗，正漫山遍野绽放
将远方熟悉而陌生的故乡渲染

寄给春天的落叶

吹面不寒的微风

为老家门前的柳树披一身鹅黄

你童真地在柳树下

裙裾轻摆柳条轻摆

满池绿水轻摆

柳絮飞过

热风初度

柳树立于池边

你立于柳树下

满树翠色欲流

你守望着满池稚气的浪花

有人在守望你

所有瓜果甜蜜地等待收获

等待着在我胡子拉碴的父老家里

度过温暖的寒冬
只有柳树
只有我池塘边上难过得形容憔悴的柳树
触动你多愁善感的心

赶在凌厉的飞雪之前
在柳树下
我看着你在柳树下
撸了撸满头银丝
提着滞重的裙摆
拾掇飘零的落叶
用大地这个硕大无朋的邮筒
把深秋轻柔地寄给来年的春天

想象下雪的另一种可能

我独处陋室
用想象拔高躯体
透过窗户，遥望
窗外大雪纷飞，簌簌有声
一如你的叮咛

笔孤伶地立于书橱一角
像一个被冷落的亲人
信笺被尘封
再没有人遥寄尺素
电脑和键盘即将告老
微信急功近利承载不住深情

我拿什么向你倾诉
只身困于斗室
遥望有你的城市，此时

你一定戴着白色的宽沿绒帽
穿着薄而暖的白色羽绒服
蹬着白色的高跟靴子
娇嫩的脖子上
缠着我送你的红色围巾
让一团火焰在雪中燃烧
羡慕你的了无牵挂

所有的念想徒增烦恼
所有的爱恋付诸山川

那就到雪地里撒一次野
裹着铺天盖地的羽绒恣意狂奔
迎着漫山遍野的飞雪纵情呼唤
让激情传递激情
让火热的心温暖有你的方向

一个人的行旅

——致□□

一个人穿行大漠戈壁，一个人
翻山越岭，一个人
泛舟江河湖海，一个人
游荡于熙熙攘攘的人群

多想蓦然回首就能与你四目相对
多想走出人海就能给你岁月静好
多想伸出手时就能与你双手紧握
多想转过身，就能迎来你不顾一切的拥抱

檀香在斗室缭绕
我的心在虔诚祈祷
如果命里注定孤独
我就把天给撕开
将所有心事直呈上帝

惶恐日甚一日

我的追寻马不停蹄

或许是执着感动了上帝

或许是有缘人心有灵犀

传说中让人心灵纯净的秘境

终于在眼前徐徐舒展

风雨桥，吊脚楼，鼓楼，装点了

高山流水也装点了绿油油的稻田

在阡陌交通间行走

在风雨桥上歇脚

在高耸的鼓楼里聆听古老的款约

在开阔的晒坪上共享侗乡其乐融融的百家宴

戏台上神秘的侗族大歌引人入胜

篝火旁激情的多耶舞活跃幸福洋溢的笑脸

勤劳善良勇毅智慧与和谐，让勾角联廊的建筑

铺天盖地，护佑子民

我想结束一个人的行旅

就在这最纯净的地方

纯净如地球之眼的侗寨程阳

开荒，种地，扎下营盘

种几分水稻，几分玉米，几畦青菜

几畦芫荽

同时种上几亩玫瑰

花开时节，我
在这等你

献　辞

为风点赞

为雨点赞

为云朵点赞

为阳光点赞

为山川点赞

为众生点赞

告诉你吧

从今天起，我要为爱我的，

恨我的，以及我爱的恨的

或者，爱过恨过的万物，点赞

把生命的有限融入宇宙的无限之中

爱和宽容会无怨无悔滋长

从今天起，我要祝福万物

祝愿风调雨顺五谷丰登

祝愿人丁兴旺六畜满圈

祝愿物阜年丰歌舞升平

祝愿垂老者安享晚年，新生儿一生平安

祝愿智障者有个聪明的脑袋

祝愿身残者拥有健美的肢体

祝愿失明者亲眼目睹世界的美丽

祝愿失聪者亲耳聆听美妙的乐音

祝愿失语者大声喊出"我爱你"

祝愿破碎的家庭相亲相爱琴瑟和鸣

从今天起，祝福亲人身体健康诸事如意

从今天起，祝愿自己

在下一个路口遇见更好的自己

祝愿天空纯静白云悠悠青山常在绿水常流

给世间万物最崭新的祝福

从今天起

冬夜，孤清的街道我独自回家

夜已沉静

狗轻吠

喝退了白昼的喧嚣

雪夹着雨

执拗地下

人行道，树影婆娑

抹过石灰的树杆

穿上白袜的腿

陪着我，舞步轻移

多像你呵

在记忆中，你就是这样儿

不觉冷吗？天气如此凛冽

如果某天

你披上一身绒装

我便释然

关于幸福的若干种诠释

说好的幸福呢

当你弃之如敝履

我如何收拾残局

生命敌不过时间的推搡

只一瞬，半生蹉跎

倒置的沙漏

无奈而苍凉

说好的幸福，是

油盐柴米酱醋茶

是一颗白菜，一滴水，一片药，一声叹息

是闪烁的电荷，尊严的衣

是斗室是按揭是教育

幸福藏得太深

掘不出来

选择放弃或是明智之举

上帝只是开了个玩笑
世人便癫狂不已
从南奔到北，从东
跑到西，最后觉悟
一生颠簸
惟两手空空最为惬意

天　籁

一种声音
从远方迤逦而来
似音乐

心底的弦被拨动了
响起轻微的和声
激动难抑

灵魂逸出躯体
检阅了许多往事
幸福和欢乐全是沙和水
在孩提的指缝中悄悄流失

一种声音
是歌在风上
阳光将分手的底片漂白

谁在天涯为我牵挂

一种声音将百花唤醒
一种声音将霜雪召临
一种声音将时序更改
记忆，因之颠沛流离

垂钓者

月光静谧
垂钓者和水，和岸，
和远水远山
披上银装

垂纶于江湖
往事或来或去，如风
如此自如

意识游离于身体之外
像水中之鱼
我之于鱼，你之于我
镜花水月不过瞬息

我垂纶于水岸
用记忆钩沉

你的容颜是晓风残月
你垂纶于天际
透明的丝绦铺天盖地
你布下的局，谁能逃离

钩无欲，饵无欲
垂纶者，你或我
谁之欲望无塈

爱之断章

夜阑更深，唯我
为你独守一盏灯

失眠让我倍加孤寂
窗外阵阵虫鸣

于是我神往夜空
神往月色朦胧

即使抹掉最后一滴热泪
仍旧想你

柔情如水
佳人，如水

夜 行

夜行，我感觉四周
各种贪婪，逼迫
透着幽幽蓝光
一双眼睛
两双眼睛

云把月儿藏起
几粒无助的星在云隙挣扎
回头看
路上有鼠窜迹象
没有行人
想唱一支歌
躁动，在身上
如蚁爬行

前行

路之尽头一道呆滞的白横亘
尸布般把天地无情分开
阴风惨惨
魍魉幢幢
一双眼睛
两双眼睛

夜鸟或蝙蝠忽忽飞掠
何处传出猫头鹰冷怵的呼吸
空气时时兑来奇怪的叫唤
世界像个醉汉
这时我猛地记起
我沉醉时你为我低吟过
一首闺怨唐诗

复前行
但一双眼睛
两双眼睛
已远遁

雨　夜

夜雨，若有若无地飘洒
街道和街灯都在等待
像我一样的孤伶

昨日的水仙花在夜雾里透出半张脸
我独自前行
空阔的四野如此安静
没了白天人声鼎沸
也没有音乐

车轮碾压湿透的路面
嚓嚓声渐行渐远
天籁般细碎的尾声
一如我送你归家时的窃窃私语

静 夜

周围漆黑一片
寂寥无边
思维是一棵透明的树
游移着一双无形的巧手
轻叩你紧闭的心门

你的容颜是一朵绝美的莲花
在夜幕下，异彩纷呈
报以最强劲的感应
然后聆听
夜的喘息

在水上

在水上
我看见一条纹鱼
睡在水的怀抱

湖蓝和水红便整个儿
漫入我瞳孔

我也是水
毫无杂质的水
人们混浊的目光随时穿透的水
却没有一尾鱼愿意存在
却没有一尾鱼能够存在
我是水

在水上
我看见一条纹鱼

在水上我看不清水底
在水上我想这不是水
真正的水不能活鱼

恋

面向东方无际彩霞
怀想那缥缈的仙境

一切尽是空灵飘逸虚无
一切尽是过眼烟云

轻抚一曲幽悠琴音
荡漾心海缱绻柔情

渴盼那清淡的泉水
琴声如潺潺溪流叮咚梦乡

眷恋你清亮的天空
你清亮的天空有我隽永的企盼

一切都在竞相消逝

一切重又袭上心头

爱和恨仿佛潮落潮起
风声雨声浸透我无奈的思绪

爱情十四行

黑暗中缥缈着你柔情的问候
思念像一缕音乐流淌你胸前

我独自在音流之沿
演一场与你共舞的戏
独自感受忧伤的旋律
扯一片云遮去闪动的星
只留下你明亮的眼

幸福的时光最易消逝
初恋的情形我魂牵梦萦
寻不回的是失落的情结
曾经的爱人伤感旅行

年轻的梦不再飞扬

爱你依然是我生命唯一的主题歌

永远跌宕永远延绵

思念从我胸口流过

思念从我胸口流过
当你温馨的气息随风飘临

思念从我胸口流过
当你愉悦的梦呓萦绕我耳际

思念从我胸口流过
当你呼唤我寂寞的名字犹如浩渺潮汐

思念从我胸口流过
当你缠绵悱恻的温柔沉淀我心底

孤独的枕畔堆积我忧郁的心情
当我想起你的容颜一如远天的孤星

思念是爱情最好的注脚
为何爱你却总无法说清

思念从我胸口流过
当我看到对对情侣娇柔偎依

思念从我胸口流过
直到江海全部枯竭我才不再想你

普罗米修斯的爱情

寒夜里的风景
总透出几许忧郁
在梦中万类竞相蹉跎
唯秋风染遍的枫叶
仍旧展示一个隽美的主题
滋生的离愁任意堆砌
无端地耸成绵亘的高加索山
让我成为你束缚的普罗米修斯
就算我的世界即将倾覆
我依然等待斗转星移中
你越过无数世纪的呼唤
不管大地如何变迁
我心之一隅，总有一片原始净土
在遮天蔽日的葳蕤中
为你放飞殷勤的青鸟

遁

孤寂，铺天盖地
你轻盈的步履
轻叩记忆

绝望和希望
舍命搏击
谁在子夜期待丽日

恋曲，瘦如游丝
缠绕屋梁
屋梁羸
人心碎

千年古刹
氤氲山岚
花开花谢的声音

秋风起

秋风起
打乱所有秩序
树树叶子
顶戴秋之冠冕，或赤或黄
飘零，像溃散的逃兵

秋风起了
思远人了
不羁的心万马奔腾
苍茫天宇下，落单的鸿雁
一声叹息
西风拽走夕阳
夜幕便微凉微凉地降下

秋　词

秋风起

秋叶黄

秋蝉声声多凄伤

秋叶片片离枝头

飘飘悠悠似离愁

雁南飞

又余晖

余晖点点离人泪

蝶儿归

翼影碎

落霞簌簌逐流水

苇絮漫天如飞雪

向晚夕阳邀明月

少年事

方拾起

却已霜花染青丝

回首来时路
泪眼已模糊
田埂狗尾茝
坡上芭芒花
秋虫一唱过三季
徒留一季谁太息

　　从田埂上的狗尾茝到山坡上的芭芒花，田野劳作与山野安息，生与死的命题。人的一生何其飘忽不定，而结局，又必是孤独终老，像风、像落叶、像苇絮、像夕阳、像群飞后落单的飞鸟……看似毫不相干实则休戚与共的东西实在太多，只是没人愿意静下心来细细考究，也没人愿意感受太多的悲秋伤离。

——2020.9.11 作后絮语

爱情蒲公英

蒲公英不说话，在风中
随缘，寻找前世之旅

蒲公英从来不说话
随着野马奔腾
在某处零落，然后发芽
然后吐蕊，然后缤纷，然后
葳蕤一片天地
像我的爱情

第三辑　鉴于史

　　在风中翻飞的黄页，无数人，或踮着脚尖，或蹦跳雀跃，任双手在空中抓狂，企图拽住一两张，细读，以求正人正己。而我，不经意间捡到一页，凑近一看，是面铜镜，年月无考，所有前世今生，尽在镜中。

品读山海经：北山经
（又北二百里，曰发鸠之山……）

精卫填海

尽管复仇终归徒劳

形式和本质很难和谐统一

但你孤独弱小的身躯

对抗不可一世的大海

让孤苦，无助，百折不回

以最凄美的仪式感

将不可斗量的爱恨情仇

——呈现

品读史记：秦始皇本纪

焚 书

书烧了，但蓝本还在
肉体死了，但思想还在

满山的竹子给砍了
但因了山的原故
活跃于地底的笋芽儿
只待春天来临
便纷纷破土而出

试图禁锢他人思想的人
最后总被他人的思想击倒

品读史记：孔子世家

　　薄暮，赴友人府第，宴饮。心绪紊乱，聊至无聊，畅饮酩酊，然自以为清醒。宴已离席，夜色阑珊，行至街市，酒力发作，殊不知家在何方。惶然无措甚矣，乃于街角寻一台阶歇脚，忽念及曾应承二哥于读书日作诗之诺，一时兴起，乃于手机上蹴成一诗，已而重寻归途。旦，回顾昨夜醉后行状，似曾迷醉作诗一首，索检手机，果然。乃拟诗题——子在川上。

子在川上

学而时习之，不亦说乎
把学习的快乐一一分享
三千弟子，七十二贤人
簇拥神一样的存在
以雄才大略游说于列国
让列国宫室平添了数只热锅蚂蚁

也就只有卫灵公在时冷时热的锅里
给了"万代师表"数度泰安
"天纵圣人"？"天之木铎"？
后世津津乐道人主赐予的名号
像白云苍狗

贯穿简册的熟牛皮带子翻断了
断了又接上，如此反复，多少次
凡人以为甘苦，夫子习以为常
谁念子在川上之无助黯然
看黄河汤汤东逝
惜《易》之未及深究，而老之将至
逝者如斯夫，一声轻叹
激荡了整个流域的自省

茹毛饮血隐退幕后
仁义礼智信忠孝悌节恕勇让
历若干年，经朱程推演
让三纲五常四维八德重塑了炎黄子孙

七十三，一个特殊的数字
上天没有假以夫子时日
夫子累了，倦了，往黄河岸边一坐
太史公说，那是高山，是大道，可仰望，可践行

品读史记：屈原贾生列传

汨罗河

汨罗河，你
从哪里来，又要到哪里去
无人知晓

一个唯美之人，只因
芳不得薄，想不开，遭罹患
裹挟着飘摇风雨，寻你

路漫漫其修也远
上下求索，奈何阻滞何其多

陆路走不通，就走水路好了
你看他，把自己的思想分享了

分给君王，分给同僚，连渔父
也不缺席

不管别人看不看，想不想，
也不管他懂不懂，悔不悔，良心发现不发现
哪管得了那么多

这个把内心清空了的人
又想把内心充实
便怀揣一块石头
在漫长的汨罗河底，潜行

千百年，沿河的有心人
在寻找那块能让诗人踏实的
神奇石头
一个个，诗书传家

秋水之滨的孤独舞者

屈原至于江滨，被发行吟泽畔。
颜色憔悴，形容枯槁。
　　　　　　——《史记·屈原贾生列传》

把秋水望穿也望不见美人香草
罗衣从风，长袖交横

感时伤怀，长歌当哭
秋水之滨的孤独舞者，绝世独立

把苍天问了，把大地问了
把人世间给问了
可谁都不搭讪，你被迫自言自语

自言自语的际遇，凄美的指数倏然飙升
你走进了最高的语境
拾掇起楚地二百零四根铮铮铁骨
在秋水之滨支起一个庞大而精致的架子鼓
铿铿锵锵地敲打出语感激越的汉文字

你迸射的文字像一串串锐利的箭镞
歃入楚地贫瘠的胸膛
然后在大地生根发芽，整个中原
至少整个中原由此箭镞丛生
大地因阵痛而痉挛
血却从你的心头滴落滴答滴答滴滴答答
就在这迷人的滴血声里
就在这美轮美奂的秋水之滨
你载歌载舞把罹患的忧愁尽情演绎

感慨路漫修远，决计上下求索
可秋水之滨，这陷人于绝境的秋水之滨

却注定你，孤独的舞者走投无路

五月，悲怆的季风

裹挟着郢都的挽歌捶捣你瞬间飞雪的须发

故国不再朱颜已改

汨罗河，被你望穿的缱绻而悠长的秋水

淹没了所有巧笑与美目

只弥漫着无边无际兰芷之馨

你是秋水之滨最好的舞者

你是秋水之滨孤独的舞者

你无助地独舞于秋水之滨

你穿戴平生最为得意的行头

披明月啊，佩宝璐啊，带长铗啊，冠切云啊

你把最后的怀沙赋赠与渔父抱石一跃

终结了秋水之滨绝世之舞

悲剧因此而高洁

品读史记：项羽、高祖本纪

项羽和刘邦

一个贵族，一个痞子
贵族因其高贵
不肯折腰
痞子因其卑微
屈膝大地

贵族向往天空
失去大地
痞子拥抱大地
赢得江山

与其赞美一个面对女人哀叹
奈若何的悲情贵族

不如力挺一个在公众里招揽

猛士守四方的

痞子英雄

垓下，一首咏史诗的成形

入夜，伏案，打个手语让台灯温柔

重读史记，重读项羽本纪

一个屌丝帝王的传记

一个个熟悉而陌生的老朋友活跃着

按照司马老先生的安排，依次出场

陈述各自身世、阅历、夹杂着膨胀的喜悦、愤懑

最后，那江东纨绔子弟

把所有悲苦和坎坷打包，负重前行

多好的诗歌题材，我只截取英雄末路入诗

于是，写下了第一节

——垓下是个残暴又温情的地方

借着响彻云霄的一万分贝厮杀

把尘土共振成滞重的空气

然后，卸下楚汉兵将的盔甲，顺手

卸下他们的脑袋、肢体

遍野横陈，用血腥、造型和色彩

让未死者体会何谓

惊心动魄壮阔沉雄

感觉是个很奇妙的东西，我用寥寥数语
呈现垓下战场的惨烈
可是，太史公说：我无意记述这些
那极度悲哀又极度无奈的语气
像一把锋利无比的戟从公元前202年12月的遥远而
躁动的垓下
穿越而来，让我的文字不得不另寻出路

——垓下的音乐，其悲催，绝世仅有
当它从四面八方袅娜而至
立刻惊艳了所有楚兵
楚营灯火通明，一片死寂，没有人愿意或能够
掐死那一阵阵温暖着多年冷血的乡音
高贵的嗜杀者低下狂傲的头颅
一曲柔情自心底缓慢淌过
虞啊，虞啊……一唱三叹
垓下的柔情成了天下标杆
让军中唯一的女子痛不欲生
一剑封喉

我忐忑地回头看了看老先生
期待先生的评审意见
只见先生右手抚着光秃秃的下巴

目光闪烁，微微颔首
那就继续写吧，我打定主意
天马行空的想象，让我越写越来劲

——项王于是领着眼角带泪的娘们样的八百骑
试图冲决汉军围困逃出离恨天
八百骑铁血因子为垓下夜曲轻轻揉碎
勇气和血性一夜枯萎
以一当百的江东弟子吃不消汉军一浪接一浪的缠绵
一下子就把身体全给掏空

那个自诩力拔山气盖世的汉子
那个把失败归咎于上苍的霸王
那个带着二十八个败将左奔右突作困兽斗的莽汉
那个死到临头还自以为是的撒旦
最终竟指望田父给指条生路
你就不知道田父早已不堪兵连祸结吗
司马迁都知道的事情

实在无路可逃了
一头雄狮毙命于一群獵狗
这个好面子的家伙决定送个人情
嘿！好久不见了马童兄
我这头颅与刘三有过八拜之交，金贵着呢
你且拿去！

死了，一世英名毁于走卒之手
想那刘兄、萧何、张良、英布、彭越
这瘪三们怎么连面都不露一下
对了，还有那个韩信，钻人家裤裆的家伙
那猥琐男弃我而就刘三，咋就这么能打呢
这些懦夫这当儿都躲哪去了，想想就来气

想卖人情你就卖咧
偏偏那头都割了你还泰山一样屹立不倒
你一手举头一手握剑
吹胡子瞪眼的凶相和宝剑的寒光，一样吓死人
老朋友马童呆若木鸡心有余悸
刘三曾经的小跟班王翳抢了头功

音乐与呐喊渐行渐远
暴戾与悲情挽手谢幕
垓下，一切归于平静

——一口气又写了六节，洋洋洒洒
满以为先生定为点赞，回头一看
先生早已沉沉睡去
那是公元前 90 年盛夏的某个夜晚
我的诗，只好又回到前两截——

垓下是个残暴又温情的地方

借着响彻云霄的一万分贝厮杀

把尘土共振成滞重的空气

然后，卸下楚汉兵将的盔甲，顺手

卸下他们的脑袋、肢体

遍野横陈，用血腥、造型和色彩

让未死者体会何谓

惊心动魄壮阔沉雄

垓下的音乐，其悲催，绝世仅有

当它从四面八方袅娜而至

立刻惊艳了所有楚兵

楚营灯火通明，一片死寂，没有人愿意或能够

掐死那一阵阵温暖着多年冷血的乡音

高贵的嗜杀者低下狂傲的头颅

一曲柔情自心底缓慢淌过

虞啊，虞啊……一唱三叹

垓下的柔情成了天下标杆

让军中唯一的女子痛不欲生

一剑封喉

取个诗题：垓下

垓下（一）

垓下，一个残暴又温情的地方

借着响彻云霄的一万分贝厮杀

把尘土共振成滞重的空气

然后，卸下楚汉兵将的盔甲，顺手

卸下他们的脑袋、肢体

遍野横陈，用血腥、造型和色彩

让未死者体会何谓

惊心动魄壮阔沉雄

垓下的音乐，其悲催，绝世仅有

当它从四面八方袅娜而至

立刻惊艳了所有楚兵

楚营灯火通明，一片死寂，没有人愿意或能够

掐死那一阵阵温暖着多年冷血的乡音

高贵的嗜杀者低下狂傲的头颅

一曲柔情自心底缓慢淌过

虞啊，虞啊……一唱三叹

垓下的柔情成了天下标杆

让军中唯一的女子痛不欲生

一剑封喉

项王于是领着眼角带泪的娘们样的八百骑

试图冲决汉军围困逃出离恨天

八百骑铁血因子为垓下夜曲轻轻揉碎

勇气和血性一夜枯萎

以一当百的江东弟子吃不消汉军一浪接一浪的缠绵

一下子就把身体全给掏空

那个自诩力拔山气盖世的汉子
那个把失败归咎于上苍的霸王
那个带着二十八个败将左奔右突作困兽斗的莽汉
那个死到临头还自以为是的撒旦
最终竟指望田父给指条生路
你就不知道田父早已不堪兵连祸结吗
司马迁都知道的事情

实在无路可逃了
一头雄狮毙命于一群獚狗
一世英名毁于走卒之手
想那刘兄、萧何、张良、英布、周勃，
这瘪三们怎么连面都不露一下
对了，还有那个韩信，钻人家裤裆的家伙
那猥琐男弃我而就刘三，咋就这么能打呢
这些懦夫这当儿都躲哪去了
想想就气冲斗牛

想卖人情你就卖咧
偏偏那头都割了你还泰山一样屹立不倒
你一手举头一手握剑
吹胡子瞪眼的凶相和宝剑的寒光
一样吓死人

老朋友马童呆若木鸡心有余悸
刘三曾经的小跟班王翳抢了头功

音乐与呐喊渐行渐远
暴戾与悲情挽手谢幕
垓下，一切归于平静

垓下（二）

垓下，一个残暴又温情的地方
借着响彻云霄的一万分贝厮杀
把尘土共振成滞重的空气
然后，卸下楚汉兵将的盔甲，顺手
卸下他们的脑袋、肢体
遍野横陈，用血腥、造型和色彩
让未死者体会何谓
惊心动魄壮阔沉雄

垓下的音乐，其悲催，绝世仅有
当它从四面八方袅娜而至
立刻惊艳了所有楚兵
楚营灯火通明，一片死寂，没有人愿意或能够
掐死那一阵阵温暖着多年冷血的乡音
高贵的嗜杀者低下狂傲的头颅
一曲柔情自心底缓慢淌过
虞啊，虞啊……一唱三叹

垓下的柔情成了天下标杆
让军中唯一的女子痛不欲生
一剑封喉

音乐与呐喊渐行渐远
暴戾与悲情挽手谢幕
垓下，一切归于平静

平安夜，读新旧唐书

马嵬坡

美人在左，江山在右
皇帝李隆基端坐中央

这个号称一代明主的人
拿捏着大臣的鼻子
把玩着玉环的脚趾
看着高贵的李太白与卑贱的高力士呕气
摆一杯羹，甚觉开心
有美人作伴，有诗仙赋诗，有力士侍候
花天酒地，神曲绕梁，美人起舞，霓裳翩然
三千弱水只取一瓢饮
三宫六院只恋花一枝
就学一下黄老，上啥鸟朝

玩，得有玩伴，且得不时更新
隆基和玉环一眼对上胡人安禄山
差了杨国舅一干人等
把个安帅哥抬进后宫洗白白
华清池顿时忙乱不已
玉环丰乳肥臀安抚大块头婴儿啼哭
敏感的太白兄失意至极
于是题了一些醋醋歪诗
醋味太烈伤了美人脾胃
李诗仙从此被老板炒了鱿鱼

诗仙高歌出长安
后宫逸事天下传

一介胡人尽享后宫快意后宫
丢宗庙哩，丢社稷哩
朝臣们撂了挑子，纷纷觐谏
美人与江山，要啥？恳请吾皇掂量
唐皇只好支起天平把美人江山分置两端
吾皇啊，怎能玩这把戏呢，
我干娘岂不比你江山重
这分明是看扁了我安禄山

干儿子自觉一脚踹不倒超级老干爹

便串掇了史兄弟，铆足劲儿照准干爹屁股往死里
踹去
一个趔趄干爹栽倒马嵬坡脚，现了原形
这高高在上的李隆基，这浪里浪气的李隆基，
这重情重义的李隆基，这神一般不可冒犯的
李隆基，剥了龙袍不过是个需要重点保护的老暖男

没了主子把持
江山一瞬万贯，美人沦为草芥
天平么，不过是稍微精致的跷跷板
江山体重陡增打破平衡娘娘腾空而起
在获得短暂的飘飘欲仙快感后，香消玉殒
而大唐江山，也在安史致命一踹
自马嵬坡，折断了腰

柳州柳

是你的姓氏，成就了一个地方，还是
一个地方成就了你的姓氏，关系重要吗
也许这只是一种暗合，你的宿命

选贤举能，开张圣听，不过叶公好龙
自古君王皆如是，怪谁呢？为何你没能参透
你无与伦比的奏章，逼得君王坐立不安
你是谁！文冠京华，名满天下

你不下地狱谁下？

奏章与文章，一字之差，写你的文章去
从此，你沿着峭怆幽邃斗折蛇行的仕途
一路彳亍来到这里

奏章少了，文章多了
蛮夷原来良善，你文思泉涌
我想你当时的沙龙一定场场客满
文人聚了、散了、来了、去了
相送、折柳，要送的人太多
你便沿江种了一长堤柔柳
开化了一方水土，教化了一方风俗
南夷亲昵地叫你柳柳州

柳州种柳柳荫翳
举目乡关万类愁
十里长亭折柳送
不堪回首柳柳州

真仙岩，对话明代行者

1623 年仲夏的某一天
一个了不起的旅行家
遵循心的指引
跋山涉水，披荆斩棘
找到这真仙住过的溶洞

天体运行，斗转星移，地球公转了 395 个周期
我乘着喧嚣而来
避开鼎沸人声和炫目镁光
只为偶遇行者，实现一场穿越古今的对白

你就不能静一静吗？在这
你像一只猿猴或者大鸟
或攀缘于崖壁之上或升降于洞天之间
寻你内心渴望的本真和永恒
凡俗辈所不能者，皆寄托神仙

行者神情凄惶，两手迅速翻书
一本书皮磨破旧得掉渣的书：
这是我的日记。行者翻到"粤西记二"
捶胸顿足，号啕大哭
涕泗在胡子拉碴的钟乳石壁上纵横
还未坠落就被空穴来风飞花溅玉般吹散

我大骇，跐足趋前，垂手拱立
太上老君走了，莲花卧榻没了，珠帘罗帐撤了
这真仙岩何故破落至此。行者用一腔心事
送走他曾濯足的洞中溪水
我茫然四顾，除了一些缺胳膊少腿的钟乳石柱
满目隳颓。啥也没有哦
打娘胎出来就压根没见过
并高度怀疑先生年事和记忆之关系

洞内，所有声色犬马一并嵌入石壁
我和行者安静下来

——粤西日记二：
那天天气不错，乌篷船
自沙弓沿潭江逆行
船头江心吞落日，壮怀激烈
船尾波涌新月，静谧无边

一浪一浪银光慢慢聚拢，银盘止于水底
鱼从容，鳞光闪耀
江风把行者疲惫的鼻息送入竹林
虚构水鸟梦境，让水鸟一夜梦呓不已

安抚了一条江河的壮心
行者登陆融水城郊
喀斯特地貌就是神奇
鬼斧神工的山川，行者叹为观止

行者的日记被银鱼咬出一只只好奇的眼睛
那不停眨巴的眼睛看得老君两股战战，坐立不安
莲床和帷幔一个劲儿晃荡
一切，不复安分
溪水淙淙流逝，空留瘆人余响

你只见往昔的瑰丽不见后来的硝烟
洞内虽然从未燃起战火，坐化于此的圣人
却让它成了阻止战火燃烧的圣殿
公元一千九百五十六年后
一个大文豪，古文字学家，考古学家
为这洞题字，劳军洞的火热迅即
逼走老君洞的清冷
果有此事？行者抬头，泪眼婆娑
将信将疑把我打量

看吧，军火库，生产车间，一处处
虽已陈迹却也有案可稽

万事万物皆缘定，聚散是缘，存废是缘
我无力阻止时间洪流
只想以自己的方式留住历史
行者嗫嚅道
这时阴风飒飒而来
一页发霉的宣纸从行者眼前飘过
纸上分明写着：劳军洞
那劳军洞就这样飘着，时疾时缓
朝洞外飘去，行者将日记塞到我手里
疾出洞口，我低头一看
徐弘祖三字赫然入目

圆明园

满园的残垣断壁
满地的枯枝败叶
一个国家的威武和耻辱
一个民族的无声控诉

皇家园林
这以民脂民膏垒起的辉煌
这视人民为敝履的庄严
终究引燃了草民一把柴草的火焰

谁是家奴！谁维护了一国之尊
宁与友邦的结果
是家奴自燃膏腴的反抗
是友邦给予坚船利炮的犒赏

前朝大事无非前尘往事

风吹过古都大地
拂去了万园之园空虚的尘土
只残留皇家无能为力的遗骨

立于废墟之上
听阵阵笑声与感叹
仿佛苍穹中掠过的鹰隼
发出觅食的声音

◎

第四辑 短歌行

逼仄处，短兵相接，殇，载情载义。横槊赋诗，仓促不及，感于耳目，发于衷。

故 乡

在残垣断壁中寻找记忆的地方

悟

生活仿佛一团迷雾
书写，是雾外之花

夏　日

老树的身上沾满尘灰
凄厉的蝉鸣是一页无尽的空寂
我是旅人

国家大剧院

一个压缩到极致的宇宙
观众和演员，在这里
上演着不同的悲喜人生

夜　色

京城，广袤的大地
夜风徐徐，多了一份寒意
我独步长安街边
渺小如一只常被忽略的蚂蚁

戴着面具的人们骄傲而又崇高
像京杭大运河
缓缓地流淌在首都温馨的夜色里

最后一片叶子

最后一片叶子
守住老树的枝头
守住一个信念和，希望
如此倔强

窗 外

门关上了
窗已打开
就算仅有不大的一扇
也足够激活你的思想
醒来！睁开眼睛
极目远方
就能看到窗外的希望

往　事

往事，一段段逝去
恍如一场场
不可触摸的梦

那是大漠里的孤烟
长河中的落日
是凋零的花瓣及其
挥之不去的一缕残香

晨　曲

秋日的早晨多么清爽

明媚的阳光透过窗帘

把卧室映照得明明晃晃

掀开窗帘，清风拂面

窗外开阔的河面泛着粼粼波光

沿岸绿树成荫

小鸟啾啾鸣啭

翠色在朝阳和晨风的拥吻下格外俏皮

我的清晨如此惬意

誓 言

我让所有的情感冬眠
我把所有的爱恋冰封

我静待着你
用千年不变的誓言
将冰层层层劈开

让一切在你温暖的怀抱
复苏

重　逢

期待已久

想你的梦划破无数夜空

终于重逢

终于重逢

你嘴角搐动

你眼波忧柔

你此刻的心

究竟澎湃着如何的思潮

我的眼睛再次潮湿

再次让泪流淌心底

诗与思

无数次提醒自己
别再耕耘寂寞的诗行
无数次告诉自己
不必为迷惘的离别感伤

但我怎能拒绝梦中与你相聚
思念的话儿又悄悄爬上笔端

永　恒

永远是灿烂的季节
永远有你隽永的余韵
永远是开始
历程便是你一首
典雅的永远的诗

感于秋

秋叶黄殒

秋水无声

孤独纠缠伤感，唯光阴流逝

一如伊人声声轻叹

在清冷的虚空里

敲打我

日渐枯萎的青春

爱的哲学

彼此凝眸的一瞬

目光闪烁

是心灵激情火花的折光

无形的海的空际

迅疾的飞掠

鸥鸟长长的倩影

希冀便如天边云彩

于是我们的脸便飞红了

于是我们默默颔首

音乐感应

那段感伤的音乐

是少女虚空的眼神

在心之荒漠游荡

潜流便不可遏止地撞击

我几近寂灭的假面

同时呼唤

远天滚滚而来的黑云

压住所有摇曳的

枯枝

惶　惑

当壁钟在死寂的夜
踏着铿锵的足音
世界骤然紧缩
成一个角落

狭窄中有我不安的心
不羁奔突于
四面萧墙
我看见铁笼中
一头狂怒的雄狮
一声咆哮
换回它绿色梦乡

日　记

刷刷地切割

解剖

缝合

心便愈来愈痛

沥滴的血光

辉映自己苍白的天空

旧有的伤口

不愿再感受

圣诞树

明天圣诞节

你便在心中

细数我每一缕缠绵的发丝

然后扎成

快乐的圣诞树

而我忧伤的眼睛

缀满你树上

每一支祝福的烛光

动车上

古镇和老城，中间隔着
两列动车，隔着比例尺
忽略不计的六小时二十分钟距离
现代文明的挑子，两头
悬着沉甸甸的传统

第五辑　挽歌，生生不息

北麓有鸟，将死，其鸣甚哀。众禽怜之，及死，集香木以焚，鸟浴火重生，是谓凤凰涅槃

天地壮观怀玉山

——缅怀方志敏

横峰练兵场

西风吹过练兵场

飒飒如昔年战士操练

满地的沙粒，沉默不语

西风吹送秋阳，这沙场

将军点兵的壮观，此时此刻

以一张阔大的全息图

高对比度投射

枫树参天挺立，满天飘落的

红叶，展示了经年的眷恋

轻柔的亲吻如磐风雨后

勇士不曾被岁月抹去的足迹

将军石

一块石头，坚毅地活着
它无时无刻不在惦记
那个伟岸的身躯

乡亲们的草鞋，一双双
整齐地摞在将军身后
无数目光，把信赖镌刻在将军背影

将军走了
这石块却一如既往地期待
将军回家的步履

突　围

在敌人的包围圈里
你纵横驰骋，战马的嘶鸣
响彻怀玉山沟沟坎坎
你率部突出重围
送走八百勇士，又毅然折回
接应你仍然深陷敌阵的战友
把生留给同志，把死留给自己
这次你再没回来

用自己的生命成就了
一代名将

如果两块银元……

闽浙（皖）赣根据地
姓苏维埃
贸易，股票，熙熙攘攘
小贩的吆喝，繁华了街头巷尾
曾经饥寒交迫的乡亲
衣着整洁，隔天吃肉
贡献给中央苏区的黄金白银
数以万两
方志敏的根据地
把国计民生一一打量

方志敏本来不会死，如果他身上有二块银元
上饶地区老百姓的心痛
成了半个多世纪反复咏叹的话题
激战了七天七夜粒米未进的方志敏
怀玉山那棵巨大水杉也无法
将英雄高大赢弱的躯体隐蔽
无助地目睹覆盖英雄的
枝枝叶叶，被迫，一一剥离
就算拿得出两块银元

也能支开那贪婪而猥琐的眼睛
挣脱紧缚的绳索
闽浙赣省苏维埃政府主席啊
你让你深爱着的人民储蓄了财富
可你的兜里却只有共产党员的清贫

一支钢笔，一块怀表，一身
打着补丁的衣服
是你全部的家当

寺庙里的祈愿

佛灯长明，香火缭绕
鱼木声清脆悦耳

日复一日，深情的祈祷
大半个世纪
光阴漂白了满头青丝

一个世纪老人
一生端坐的身影，似佛
朴素而执着的信仰
超度着最初的英雄情结

在阳光下绽放的花朵

必定对太阳充满仰慕和感激

方志敏式根据地

纲领，章程，法律

政治，文化，经济

军事以最顽强的态势

捍卫阳光，洁白的鸽影掠过蓝天

翠绿的禾苗在大地分蘖

街衢中，商铺前，扯一匹布，沽三斤酒

四面八方，商贾聚散

货币和股票兑换了各地黄金白银

解除中央苏区经济困局

不拿钱的方志敏，凝聚了一群

志同道合的同志，打造清廉政府，展望

可爱的中国

多了不起呵，方志敏式根据地

一个崭新国家的雏形

怀玉山

莽莽苍苍，耸入云端

蜿蜒盘旋的天路

格外触目

枪炮声消弥，英雄背影——远去
唯有弹片嵌入的老树
隆起的疙瘩
唏嘘着惨烈的往昔

北上抗日的红十军团
横遭围追堵截
置民族大义于不顾者
逆天而行，将红军将士铁桶般困住
本该对外的枪口喷射出超强火力
杀戮，惨绝人寰

被俘的方志敏，把清贫留在人间
越过浩瀚尘烟深情眺望可爱的中国
含笑就义

仰望怀玉山，仰望一段悲壮的历史
那巍然屹立的山峰
是英雄永不坍塌的身躯

所有感恩的心为您送行

您走了，种子还在一粒粒破壁
告慰着温暖的泥土，在热烈的哔剥声里
探出脑袋，张望这美丽新世界
然后分蘖

您走了，种子从四面八方聚拢而来
都想仰望您不辞劳苦的沧桑
试图用您赠予的情怀抚慰您的情怀
万人空巷
您曾倾尽一生给予他们滋养

一粒粮食，可以拌倒一个国家
曾经的饥馑，可怜的生灵
一幅灾难深重的画，烙在脑海
你说，位卑未敢忘国忧
数不清的日夜，数不清的跋涉

凭着坚毅执爱凭着忠勇体国
您让世界盛开朵朵芬芳的稻花

饱满的稻谷填满天下粮仓
您像那谦逊的稻穗，轻轻地告诉人们
饥荒已经消除，不会再有
您放心地走了，走得轻松而坦然
所有感恩的心为您送行
泪水浇灌的一代代种子
都将日夜翘首远空
追寻你，苍穹里最亮的星辰

稻子熟了，您却走了

您背负着亿万人的口粮
一路布施，从南到北，从东
到西，不辞昼夜
伛偻着身躯，谦恭如
朴实沉厚的大地

而今，稻子熟了
岁月静好，您累了
行走到耄耋之年
轮回之门徐徐开启

妈妈的音容笑貌日渐清晰
您不负妈妈的嘱托，完成了
自己入世使命，循着妈妈
奶香四溢的摇篮曲而去

您去向遥远的天国
重回妈妈爱的怀抱
您把大爱赠予了世界
只带走一颗赤子之心

父亲和我

父亲，请原谅我

父亲，请原谅我
当我走过您曾窝居的房间
路过如黑蛇般的走道
没有亮光的大厅
我倏忽感觉，您静躺棺内的寂静
以及棺外喧嚣的明媚

父亲，我爱您
那农具房里的犁铧、锄头、镰刀、柴刀
所有农具的光芒
都像您的笑容一样灿烂
您躬身于大地的谦卑
如今，就在我轻轻的路过您曾

窝居的漆黑的房间
我的自大遁于无形

父亲，您说您爱这土地
土地便在您的爱里蓬勃了无尽生机
您爱我吗？父亲
就是在您临终一刻也没给我答案

父亲，我曾想象
在那鲜艳的木船前头，如何
把孟婆汤一一谢过
让我记住和您所有的过往

父亲，今夜
我再度走过您曾窝居的房间
漆黑的丁点光泽
如您，断续问候

父亲，请原谅我
我爱这大地如您
母亲安好，家人安好
一切归于
留住我的根由

宿　命

外祖母将老的时候
父亲正值壮年
面对那风烛残年的摇曳
父亲不以为意却也不敢，怠慢

那时年幼的我并不理会
父亲的冷漠包裹多少不堪

外祖母老的时候
父亲寡言少语
唯有两行滚烫的泪水
试图温热外祖母拒人千里之外的冷淡

有多少恩怨呢，那两代人
我在不经世的年龄
不经意地，在旁人家长里短的故事里
还原，父亲宕荡的命运

不就是一个穷乡僻壤的黑小子嘛
似一匹黑马
没头没脑的撞破了一座城池
当一座城市败下阵来

父亲带走母亲，撇下外祖母
回家孝敬自己的娘
让外祖母和我的娘
在邮差传送的一页页纸片里
涕泪涟涟

从此外祖母的语典，充斥着骗子
父亲用沉默作为盔甲
抵御刻薄的刀刃
护住，一点可怜的自尊
只在，祖母老的时候，父亲
让感情决了一次堤
然后便筑牢防线，滴水不漏
直至了结与外祖母的恩怨

父亲老了，棺木忠实地护住
父亲的无奈和安祥
我跪在父亲坟前感情汹涌
大地苍茫而肃然

父亲和我

父亲走的时候，没有挥手也没有
带走什么或留下什么

还能怎么样呢，一个农村的老头
老实巴交的泥土执拗的攥着父亲的脚步
父亲气喘吁吁，喘着喘着喘不过气的当儿
父亲干脆，把所有气儿赶跑
歇下，不走了

但是，世事，绝不因为你不走了
便作罢了，凡事没那么简单
你在土地上耕作一辈子
一点馈赠，土地并不吝啬
你因此有了一点可怜的结余
可怜的结余让你折腾了整个医院
直到一文不名

折腾够了，父亲便孤零零地一头
栽进棺椁，一副满不在乎与世无争的样子
真的没有什么可眷恋的吗
真的走得如此干脆决绝吗
我将双脚浸入屋后清澈的溪水
触摸父亲清洁一天劳作的幻象
却分明听到，父亲呼唤母亲的声音

把灵魂交给上帝
把躯体还给大地
父亲，走了

没有挥手，没有带走什么

也没有留下什么

除了我们，除了一份抽象的亲情

阿 郎

蹲在土屋门口的阿郎

微微张开的嘴

露出些七零八碎的老牙根

谁也不曾想到阿郎健硕的身体

和高耸的耳朵连同它粗壮有力的牙齿

在某个时间节点突然就

莫名其妙的迅速萎靡

像整饬后缩水的报表

接着便老态龙钟

百岁的阿郎就那么呆着

眺望对面绵亘的大山

期待着从山上回来的老主人

摸摸它的头或捏捏它的耳朵

或者跟它说些不落边际的挺逗的话

可日复一日，阿郎这点小小的愿望

都已不可企及

阿郎再也等不来它的老主人了

五年前老主人和它讨论过他俩谁先死

谁给谁送终的事

那时候的阿郎正值盛年

尚不知死生事大，只是把下颌

搭在老主人的腿上，一边

伸着舌头哈气，一边吱吱地敷衍

尽情享受着老主人粗糙手掌的爱抚

之后不久老主人的话便和他本人一块

埋进了土里

阿郎亲眼目睹老主人身着盛装

在亲人们的招呼下躺进一间只能容纳

他一人的木船般的房子里

阿郎也想进去，躺在老主人身边

让老主人摸摸头，听老主人嗑唠些好听的话

可是绕着那木房子走了一圈

阿郎发现里面确实没有它的容身之地

只得作罢

只是当人们打着铙钹吹着唢呐燃放鞭炮

把那木船样的房子抬到山上埋进土里垒起土丘

阿郎才明白这回老主人不是在跟它找乐子

阿郎趴在土堆旁守了三天三夜
也没见老主人从里面走出来
便挪着虚弱的脚步一步一回头地返家

五年过去了，阿郎熬过了它的百岁生日
酷似当年垂垂老矣的老主人
老了的阿郎还是老守在老土屋的门前
醒着的时候满眼的孤独和期待
睡着时却很舒坦，只是喉咙里
不时发出几声哼哼唧唧
谁也不知道睡着的老阿郎究竟做了些
多大的春秋大梦

顾城之死

一条孤独的鱼
在深邃的蓝天滑翔
遍体鳞伤

血雨便漫天飘飞
形成一朵美丽的云

他曾梦见
月宫桂花繁星般闪亮
蜂飞蝶舞玉兔欢蹦乱跳
寂寞嫦娥终于一展欢颜

他曾梦见
彩云上百花争妍烛光盏盏
而世上却饿殍遍野
满目哀鸿

作为鱼，他很痛苦
又变成黑鸟却依旧
在蓝天上飞

依旧关注月宫里
桂花别凋谢多好
小生灵陪着嫦娥多好

依旧关注他血作的云
鲜花盛开了吗
烛光燃亮了吗

海子，海子

蔚蓝
一种美逸的色彩
全被海天占有了

天太高
海还近
将海据为己有吧
海子甩甩头
作了决定

欲望产生了
是如此的圆满
像沉于海底的璧玉
鲨鱼和鲸争夺起来
把它击得支离破碎
用以裹腹

海其实并不属于你
海子想

海子在麦地奔走
阳光金黄金黄地普照
海子独自把麦子全给割了
天地便开阔了许多

没事可干了海子寂寞无比
海子拼命往上扯自己的头发
头发便一根根向上疯长
海子再度神往天空

一样的蓝
天却无垠
天却坦荡
天我同一吧。海子想

海子对自己说
你还缺少一种感觉
一种古韵
是打开天堂之门的魔咒
犹如芝麻开门
芝麻开门

海子开始寻找
海子为之等待

阳光全被埋进泥土了
神奇的古韵奏响了
节奏铿锵
气势恢弘

海子着迷了
把身子平躺在平行线上凝神谛听
天真的双眼虔诚仰望敞开的天门
捕捉住绝妙的一瞬
将自我訇然溶入

恸三毛

一轮雄浑的落日
在撒哈拉
用她生命之光划
生命的曲线
最后为一句点终结在线之尽头

拾荒是自然的
自然得勿需注重形式
而你却为人们留下了
一串串形式隽美的痕迹

感受纷呈在你睿智的前额
刻下沧桑
你的足迹布满寂寞
雨季不会再来了
渴念的生命逗留干涸的边缘

你把自己根植于很多人心里
却拒绝人们步入你心门
拒绝厚重的潮气浸渍你
漂泊的心

为了梦中的橄榄树
你像风中一只受伤的小鸟
任血在风上飘扬
任灵魂化为一缕素洁的青烟

随你爱的人走了，世界
还踯躅着众多爱你的人

当撒哈拉圣洁的风
吹遍你隽永的小木屋
我是一朵憔悴的黄玫瑰盛开
在你绝美的黄昏里
一朵小小的摇曳泪光摇曳
伤恸的黄玫瑰啊

伤　逝

莽　原

一片莽原
无声的河流
在日光里整个地蒸腾
然后泛滥
然后干涸
然后无数面孔
在一条苦瓜藤上悬挂

望着彼岸
有人说那是
永恒

曼陀罗①

彼岸有美丽的曼陀罗
摇曳诱人的芳馨
人们便恍惚着
执拗地
在他干涸的河床
踟蹰

子 夜

子夜
我看见明天
许多人，昏睡依然
寒意一丝丝潜入
我的冷寂
无可名状
曾经温暖的鲜花
如同祖母
漂白九泉的眼睛
我无数次涉足
明天的风却豪情万丈
激动面前的河
潮落潮起

注释　曼陀罗，一种极其神秘的杜牧，曼陀罗花又名彼岸花、醉心花、死亡之花等等，不一而足。花开妖艳魅惑，花香能使人致幻并失心性，有剧毒。

磐　石

1

把目光从你身上移开
钓来溪水潺潺绿树葱茏
你千年磐坐千年修炼
点点斑驳是时间
留在你身上的印记

你是女娲补天的彩石兄弟
是弃儿
你是盘古开天辟地的造化
是历史
你拥有千年的忠贞千年的爱恨
千年的洪水冲刷野火焚烧
你坚贞不移如我不悔心念

可以用你填海了
只要精卫衔得起

2

精卫衔起你的时候
你已不复完整
碎裂如我一颗创痛的心

铁锤的敲击
火药的神威
一切都在瞬间改变了
千年的修行终逃不过世俗的浸染
功败垂成空朦的风景不复有你
存在的价值
千年的苦心毁于一旦
精卫却在痴心经营

3

我怀疑永恒的存在了
爱情不过是昙花一现
千年的忠贞千年的执着
同样是梦
是毁灭

磐石的粉碎筑成高傲的桥梁
我已不能在你身上发现悠远
悠远的思绪令人感伤

4

已无所谓存在不存在了

扬子鳄

——漫读《中国近代史》

从沉睡中惊醒
岁月的沉重竟在这惊梦中奔腾流泻了

你挪动干裂的躯体
挪动锈蚀了的日月
岸边的岩层风化了
扬子江流荡着黄黄的纸屑碎末

你的脑壳依然装满那些号子
纤绳，血，和泪
你伸展四肢伸展骨骼咯咯作响
飞天已不是今日的希冀
没见那爱的信鸽
扬子江为近代工业的钠扬起泣天烟火

哦，扬子鳄

你爬起时已遍体鳞伤

千年老树仍挂满千年破衣

你怒目而视

黄昏的血气弥漫空间浸入你燃烧的眼

你龇牙咧嘴一跃而起

擦燃破衣烧毁大片晚霞坠入

扬子江的愤怒

成一支精壮的漂流队漂流不止

哦，扬子鳄扬子江还在拍击

风化的岩礁和堤岸

岩礁和堤岸连同被扯得披头散发的野草

正在瞪着仇恨瞪着疯狂

扬子江以非凡的气魄一拳击碎

所有击碎自己

一颗水珠落下

你对自己黯然神伤

岸上有人望江悲吼

午后阳光

午后的阳光

烤糊般泛黄

懒懒地照着沉寂的大地

四壁斑驳的土房，废弃的牛车

披一身焦黄

让人感觉老之将至

老妪在她孤伶的土屋前撒一把稻谷

伴着鸡群高亢的叽咕

上气不接下气地哼哈着

她年轻时最喜爱的恋歌：

老哥你一走不回头

小妹我想你把泪流

天也荒来地也老

为什么你不肯和我共白头……

黄腔的调子和着苦楝树上的先知
拼了命的鸣叫
游丝般越过时空
让午后阳光更加寂寥苍老

于是我想起某个午后
鲜活的阳光映照着
波光粼粼的水面
轻抚着岸边如茵的芳草
轻抚着一对青春亮丽的爱侣

那个午后的所有
是一场叫人终生难忘的美梦
五光十色光彩照人
那时的恋曲欢快地拍打着浪花
笑声歌声涛声在潮落的一瞬
随流水悄然远去无声无息

午后的阳光
散发着一股烤糊的气息
把大地染成滞重的暗黄
午后的阳光就这样
沮丧地照着这个
令人沮丧的世界

忆

曾经的玫瑰

漂过，漂过
记忆之河流
天水一色间
点点帆影，闪烁

微茫的源头
我独坐

浮生的缥缈
曾经的玫瑰
全被抽搐的心
灼伤为一抹
冷冷的泪痕

流失的片断

在心底
一种风景长存
如昨日黄花
无法正视

打开心之门
从记忆的源头
我漂流，展望
愈来愈开阔的江面
泛着点点春绿
流失的感受
依旧令我频频回首

秋 水

曾经渴盼伊人
拥有的尽是微冷的秋水

滕王高阁
那场盛筵早已不再
是谁
渲染了秋水共长天的辽远

让后人
把落霞与孤鹜
演绎得如此凄迷

我想越过秋水
越过秋烟
越不过千年尘封的定义

伊　人

伊人既去
伯牙子期
瑶琴破碎
万籁俱寂

唯有亘古的高山
执著地
静待河流的回应
千年积淀的悲愁
被守候的落寞
——透析

心灵之门

我伸出右手试图

把夕阳最后一抹温暖

握在掌心

何处泛起隐约轻叹

在我整个躯体肆无忌惮喧哗

伸出的手

颓然坠下

夜色铺天盖地袭来

我说，这是夜晚

这是黑暗

我的定义被那执拗声音

无情推倒

我无可奈何

亦无力争辩
顺着黑暗的边沿
我摸索着
一步一步往前走
孤独和落寞
却一点一点地褪尽

我走近了我自己
这判断一经得到证实
情绪便在我胸中澎湃不息
我摸到了
一扇紧闭的门

这门，是我自己的
我反复告诉自己
我可以走进去
就在这旁人不能窥视时刻
以主人的身份

门里有什么
在门外我兀自想着
别人也拔高各自的思想
企图越过门框弄个究竟
里面其实很简单

我不时进入应该明白
就算此刻
也不会多些什么
但我不肯以示众人
守财奴一样将门把守

把阳光带进来吧
把温暖带进来吧
我无声呐喊
门却始终紧闭
不置可否

就在这黄昏之后
我站在自己的门前
用那只想要抓住阳光的手
把这扇最顽固的门
轻轻叩开

亲人恋人朋友
一张张温暖的脸庞
鲜花般次第开放
寻遍门里每一个角落
竟找不到任何所谓仇人踪影

这是我门里珍藏的财富

但不是全部
那声音又一次否定了我的盘点
我只好再度搜寻
刚刚普照的亮光大片大片溃逃

我碰上了一个人
这灰溜溜的人儿逼迫我承认
是我自己
我大声呵斥
卑微和奴性却如影随形

脸烧起来
火苗顺着耳根往上蹿
呼呼的烈焰中
虚荣懦弱恐惧在欲望黑洞拔节
幻化成一双双柔美的手

每双手上都攥满
名利地位美色
卑微和奴性立刻活跃不已
对抗着立于悬崖的自尊
让高尚也倍感娇弱无力

灵魂深藏的欲望
让门不能随意开启

我抽身而退
那扇门瞬即关闭
四野里只剩下声声无奈的叹息

听，谁在浅唱
明日复明日明日何其多
明天的太阳或许还会升起
为爱我的人和我爱的人
抓一把阳光把心灵照亮

分道扬镳

我走进黑暗

甩掉自己的影子

所有纠缠烟消云散

阳光是多么昂贵的奢侈品

留住阳光，便留住人世温情

而你发自幽暗的问候

却如雪花

美艳之后

寒意彻骨

野　草

野草漫山遍野，无边无际，蔓延
活了千百年的草根，盘结于地表之下
草叶，一秋一秋枯萎，陈积
腐朽窒息了草根的梦
于是，在死地里，草根
找到对抗旧我的同谋

积蓄所有能量，地火喷礴而出
火追逐着草原垂老的舞步，劲舞着，
欢腾着，呼啸而过
一燎原就跑到野草前头去了
灰烬处，看阳光普照的大地
星星点点的芽儿已悄悄探出头来

杨树林

深冬，京城
极目处杨树林以自己独特的冷竣
递减着甚嚣尘上的浮躁和繁华

何其脱俗呵
杨树林静静享受属于自己的孤独
每一株树干都保持着必要的距离
根，深扎于同样沉默的大地
光秃的枝丫拥抱于凛冽高空

广袤的京华大地承载着平凡的杨树林
平凡的杨树林装点了我朝圣的梦

由兽而神

人是由兽而神的空中索道

——尼采

我痛恨我凡俗的皮囊
时时泛起俗不可耐的欲望
我无奈于我凡俗的肉身
没了它，便要终止我的思想

我的思想何其可贵
从没忘记超越企求达于非凡
我的肉身是那头乖戾的斯芬克斯
想在自由王国翱翔
得不时给它温情抚慰和正确答案

自戕，逃避，谎言
勇气，直面，良善

无人可问，只剩下空中索道时
我们最终将去向何方

奇石叹

或遗落山之怀抱
或滞留水之涯畔
或横陈于戈壁瀚海
历经百千万亿兆年打磨
以万千风姿呈现

本就无价的造化
被人类假以赏识的强大欲望
强行打上价码

藏于居室
油头粉面
女娲遗弃之后
再度沦落
既然无法师从自然
就作个世态炎凉代代更迭的旁观者

遇高僧

那天我偶遇高僧
向他致敬，问好
高僧眉头紧蹙：我不是高僧
语气悠长，神情颓丧
——这雨啊，怎下得恁久
粘粘糊糊的
不似笑谈云动心动那般闲适
春种秋收，长此冷雨
来年如何化缘

繁　花

书屋幽晦，我瘦长的手指
拨弄一盏昏黄的油灯
书桌冷静得出奇
椅子被光驱使，打破僵局

书橱铁青的脸泛起些许生机
灯芯因了油的滋润，拔节生长
哗剥着，次第开出朵朵耀眼的灯花

我隔三岔五地走向书橱
一册册书籍流光溢彩
我熟悉的贵妇们个个珠光宝气
就算眼花缭乱，我仍能找到自己认定的人儿
灯光柔和，灯花璀璨
遥想玉人独凭栏

但微弱的灯光终究无法满足人体所需的温度
再大的诱惑也阻挡不了人对阳光的向往
当花园阳台向脚展示最深的情意
鞋子便毫不客气地敲打起冷漠的地板

走出书斋，繁花盛开
待放的花蕾，绽放的花朵
一粒粒，一瓣瓣，舞蹈着，灿烂着
光彩照人，勾魂摄魄
原来春天早已到来

多美妙啊，打在脸上的阳光如此惬意
温柔的风奉上醉人的芬芳
蝴蝶寻香而来，我寻花容而去
追逐着那双扇动的翅膀
刚想问问蝶儿是谁殉情花容
不经意间却与集香者一道没入繁花丛中

补集一　古韵新声

　　传统文化仿佛深山老林，博大、厚重、丰赡、清幽，我在幽僻的小径踽踽向山而行……

咏融州八景①

谒老子山②

玉宇生成半壁沿③，
婆娑翠树熠山间。
红男绿女皆香客，
菩萨寿星尽善颜。
浩荡长空孤雁去，
弹丸山寺众生趼。
游人谁解登临意，
一片空蒙万古闲。

造访老君洞④

老君坐化老君洞，
洞有真仙洞有灵。

幸睹老君风骨处，
结缘霞客粤西行⑤。
洞天尚见今时月，
灵寿难逢往日情。
帐幔莲床仙迹杳，
山峦苍翠水流清。

龙潭寻幽

古鼎龙潭⑥龙隐逸，
环环水域衍传奇。
拱门十二风波诡，
小艇三十动力疲⑦。
白马新节开道场，
龙潭深洞奏梵笛⑧。
寻幽探秘一泓水，
锁住半山泛绿漪。

西门望月⑨

昔年赏月西楼客，
沙漏无多亦不愁。
皓月莲花逐锦鲤，
歌诗佳俪伴金瓯。
韶华易逝铅华洗，

楼榭难留锦鲤休。
物是人非说旧梦，
伤心四顾鬓霜秋。

仰望独秀峰

举头望向秀峰顶，
峭壁层叠老树稀。
鬼斧神功凭造化，
诗书阅历去樊篱。
一峰独立牵南北，
两水双流贯古今。
自是苍天钟毓秀，
遗于市井亦威仪。

香山叠翠

处处楹联处处歌，
香山信士乐呵呵。
庙中鱼木清音少，
狭道名媛嗲气多⑩。
八景融州名遐迩，
二侯寺庙旺香火⑪。
焚香许愿皆私欲，
净地无由也晦浊。

烟雨融江

融州一派东流去，
雨洒江天远黛低。
烟柳横舟江口处，
艄公摆棹码头西。
而今大坝虹桥起⑫，
犹念青山秀水时。
吊古抚今无限事，
三星水底已成谜⑬。

登望江楼⑭

（其一）

一朝登上望江楼，
无限风光眼底收。
欢喜东城今日伴，
犹怜西市旧时游。
长空万里鸿声断，
弱水三千沧海流。
古圣先贤皆不见，
残诗数页待吾俦⑮。

（其二）

望江楼上望江月，

江月也曾照宋人。

夜月登楼思赵宋，

晨星入宅念亲恩。

苍茫大地洪荒日，

纷扰人间福佑神。

赵氏家国今何在？

楼台一座鼠安身。

　　注释　①融州八景：融水，古称融州，亦称融县等。解放前，融州（县）行政区划与现今融水苗族自治县行政区划大不相同，但州所建制并无太大迁移，亦在今县所建制的融水镇。融州八景即指融水镇境内八处曾经闻名遐迩的景观，即：老子山、老君洞（真仙岩）、香山叠翠、独秀峰、望江楼、古鼎龙潭、西门望月、烟雨融江。然斗转星移后，沧海亦为桑田，昔年之八景，有的已不复存焉，如"西门望月""烟雨融江"；有的已大为改观，如老君洞等；有的则濒临荒废隳颓，几近湮没，如香山叠翠、古鼎龙潭、望江楼等。环顾往昔，不胜唏嘘。

　　②老子山：位于融水县城西南郊，佛教圣地。融水县城周边属典型的喀斯特地貌，石山林立，溶洞纵横。老子山半山坳处有一天然深邃阔大岩洞，此乃"寿星岩"，又名"揽胜岩"。洞口处塑有一6米多高的寿星塑像，洞内历代摩崖石刻颇丰。老子山另有鲁班岩、读书岩、牛鼻岩、伏地岩等10多处形态迥异之岩洞。

　　③寿星岩（揽胜岩）北向洞口（朝县城寿星中路方向）建有寿星寺，因庙宇依山而建，悬于峭壁之间，故曰"玉宇生成半壁沿"。登临此处，放眼北望，融水县城尽收眼底，揽胜岩之名由是得也！

④老君洞：又名真仙岩，因洞内原有一酷似太上老君端坐其中的钟乳石而得名。整个溶洞宏阔幽深，石笋林立，莲床帷幔繁富雍容。灵寿溪贯穿其中，西南入水口处半圆敞亮，置身洞内，抬眼望去，溪流淙淙处，仿佛皓月初升，此景至今不易，是为"水月洞天"。洞有岔洞，纵横交错，移步换景，气象横生。洞内多文物，摩崖石刻颇丰，有"天下第一真仙岩"，"四峰钓矶"等等，多为宋人题刻，元佑党籍碑亦自该洞掘出。

⑤据徐霞客游记所载，老君洞内的天然老君石像"神情酷肖，须发皆然"。解放初期，融水县首届县领导函请一代文豪郭沫若题写老君洞三字，郭老欣然应允，然殊料书成时竟将"老君洞"三字写成了"劳军洞"。时隔不久，永红厂（后改名峻岭厂）落脚融水，兵工厂驻扎老君洞，洞内老君石像等鬼斧神工之奇景悉数毁于一旦，平整后的老君洞建成了兵工厂一排排高大森严的车间库房，老君洞变成了名副其实的"劳军洞"。而今欲知天工造化的老君石像神貌，只能到徐霞客游记中去了解和感觉了。

⑥古鼎龙潭：位于县城南郊融水镇古鼎村村后，距县城约4公里的一座石山的半山腰处。龙潭乃一溶洞生成，此溶洞巨大奇诡，洞呈三级，洞口开阔，山石分列两侧，左侧山崖砀平，"古鼎龙潭"四个大字竖排镌于其上，字体苍劲，古风扑面，刀工雄健，沉着浑厚。中间积土成原，古树参天，枝杈交集。入得洞口，沿阶斜下，但见钟乳错杂，上下呼应，尤似张大的喉咙，有上腭，有软舌。复降十余级，辟有一平台，有石桌石凳，以供游人小憩。洞顶九条钟乳，皆呈飞龙状，左侧石壁有小楷数面，上载龙潭况貌。复下行数十步，即是龙潭，潭水幽深，潭面如镜，潭水终年蓄积，不论年景旱涝，不溢不竭。龙潭溶洞空阔，洞脉蛇行，杳然而不知其所终也。洞内尝数闻鼓乐唢呐声，咣咣锵锵如道场法事，但音响异于常态，据识音者言，常态音乐为七音，幽洞传响却是八音，故称此异象为"八音道场"。

⑦据香港《大公报》载，上世纪八十年代，水文科考队曾先后两次对古鼎龙潭进行科学考察，欲寻其终始，然皆未果。第一次科考队员们划三板艇（一种小木船）、竹筏，打着电瓶灯和火把，一行 12 人沿主洞水路往里划行，队员们惊奇地发现，这主洞每隔三四里便有一道"拱门"，行至第六道拱门时，有凉风扑面，水面波浪时起，当队员们行至第八道拱门时，疾风劲吹，水势汹涌澎湃，船不得进，火把全被吹灭，全靠电瓶灯照明，科考队只得撤出。第二次考察时，科考队一行 9 人，用的是橡皮艇和探照灯，然而，当科考队突破了第八、九、十、十一道拱门，快抵达第十二道拱门时，尽管橡皮艇已经开足马力，但最终还是敌不过洞里吹出来的飓风，像疲惫不堪的老马无法再前进一步。雪白的探照灯把洞内照得透亮，队员们惊骇地看到飓风掀起的巨浪伴着震耳欲聋的巨响像长了翅膀一样猛扑过来，情势万分危急，队长急令撤退。极其吊诡的是，当惊魂甫定的人们撤出第六道拱门后，发现外面这片水域竟然一丝儿风也没有，水面平静得出奇。哪些风吹哪去了？哪些巨浪跑哪去了？大家你问我我问你，都有一种死里逃生更确切地说是一种恍若隔世的惊悚。

⑧据科考资料称，古鼎龙潭有一条暗河直通 50 公里外的融水县永乐乡白马村，龙潭里传出的"八音道场"乃是白马村开道场作法事时由于共振的原因传到了古鼎龙潭，同样也因为共振的原因，白马村的"七音道场"传到古鼎龙潭就变成"八音道场"了。

⑨西门望月：原址县城中心，原融水县招待所旁。10 年前旧城改造西门塘被全部填平，周边的楼房也全部拆迁，代之而起的是芦笙广场、处处商铺以及一幢幢商品楼房。西门望月的诗意胜景从此不复存在。

⑩香山庙位于融水县城西大旗山脚、县交通局后山上，山上有香山公园，内多文物。香山庙古时香火甚旺，香山路由此得名。后因疏于管理，香山公园日渐荒废。前些年一些外来苦命女人便跑到香山上拉起某种异于常人的营生，故曰"狭道名媛哆气多"。香山庙往来人员复杂，

已不再是单纯的香客信士了。

⑪香山庙奉祀尔熹、辅二侯，故曰二侯庙。庙前有敕书碑，今已毁佚，不知所终。惟融县志对敕书碑文尚有记载：嘉熙四年二月二十九日敕曰玉融为郡僻处峤南昔在天禧瑶蛮为耿尔熹尔辅奋起遏裔身举义旅鏖击以死魂强魄毅为鬼之雄大庇其民如生之日自疏侯爵三被徽称国家于尔神褒赉之渥亦惟艰虞寇窃水旱之不常非神无以为托也祇服休命益介祉祥可封尔熹为助信灵应忠祐侯辅为助顺灵济显祐侯钦哉故敕。敕书中之尔熹、辅乃广西之二傩神也。

⑫古顶电站大坝竣工蓄水后，坝面水位大幅上升，水尾升及贝江与融江交汇处的江口电站坝下及融水融安交界处的浮石电站坝下，昔日之水东与县城往来之码头早已深沉水底，人们往来县城便皆走水东大桥了，融江摆渡码头退出了历史舞台。至此，那诗意满满的融江烟雨景致亦已无处可寻。

⑬融州古谚：五虎岸边走，三星水面浮。其中"五虎"说的是融江西畔的五个貌似老虎的石山头，"三星"说的是浮于融江面上的三个绿洲。三星水面浮是融江秧湾河段一处地理奇观，电站蓄水后，三星不再浮出水面。

⑭望江楼：位于县城融江西侧望江路一段宋代时修筑的古城墙上，当时的功用应该是地方达官显贵休闲观景或者是战略防御之类的吧。望江楼原已极其破败，简直令人不忍直视，所幸现已修缮，颇值一观。

⑮望江楼上现存数张宋人七律残稿，有思乡怀人篇什，亦有交游应景之作。宋人多工于词，壮词艳词都来得，写诗则不如唐人。

拟古·抒怀

（其一）

昨日方削发，
今朝又长成。
空门虽咫尺，
愿景万山横。

（其二）

凡尘非我愿，
何处是归程。
艳羡清幽处，
长明古刹灯。

庚子二月，遥寄江城

（其一）

昨夜寒风去，
今朝细雨来。
相逢皆拱手，
互祷暖胸怀。
街衢车驾少，
里巷贵人徕。
愿景新春始，
高朋笑靥开。

（其二）

一壶浊酒慰平生，
回首犹寻把盏人。

姹紫嫣红都不见，
风流倜傥遗红尘。

（其三）

铅华洗净独憔悴，
枉自嗟呀入太虚。
念念浮生皆若梦，
凄凄半世尽如鱼。

题画诗

梧桐叶落老鸦噪，
巷陌残笛几许愁。
试问诸君知意否，
流云一日度三秋。

遭遇情人节

遭遇情人节，
孑立形影单。
起坐意迟迟，
回望路漫漫。

隐约闻细语，
疑伊歌渺茫。
侧耳凝神听，
却是风浅唱。

又是情人节，
秋水竟望穿。
不见伊人影，
情迷意更乱。

朝思暮也盼，

伊人在何方。
哀鸿声声远，
落日断人肠。

我谓情人节，
何事恁凄惶。
古有司马卓，
今冀君登场。

还顾夜归鸟
呼儿复引伴。
飞禽犹如此，
情人何以堪。

日日情人节，
两情若久长。
聚散两依依，
相思永不忘。

情人节何物，
朋辈来笑谈。
本是舶来品，
缘何苦人寰。

与君一席话，

心境豁开朗。
如君今难再,
风物放眼量。

俗流枉自扰,
才俊当放旷。
人生几个秋,
纵酒须尽觞。

　　本诗用韵为:an、ang 韵脚以 1:1,1:2;1:1,1:2 方式换韵,an 的清亮与 ang 的浑厚交替呈现、复沓回环,从而获得一种铿锵跌宕的韵律效果。

补集 Ⅱ 散文诗页

◎

貌似长河的历史，自洪荒而来，去向未央。置身于此，人的一生不过一瞬，而文字，却能让瞬间变成永恒。

念亲恩（二章）

　　貌似长河的历史，自洪荒而来，去向未央。置身于此，人的一生不过一瞬，一切都将远逝，唯父母之深恩如江河日月长驻人间，并一代代传之不息。

父　亲

你是我不知寒暑的牛马
你是我苍郁峻拔的大山
你托着我的沉重托着沉重的我
你忍受贫困忍受眼泪默默无声
呵！父亲

　　夕阳又坠入西部浩茫的洪荒里，天空给抹出一片暗红，以那莽莽苍苍的大山为背景，一条小路蜿蜿蜒蜒。
　　父亲，父亲踏着那一路蜿蜒走来了！此时此刻，父亲老了，花白的头发满是皱纹的慈祥的脸，岁月是染料是刻刀，是荒漠潺潺流淌的小河，是崎岖芜杂的羊肠小道，是日暮乡关的怅然，是不舍昼夜的光阴。

暮色苍茫，一切皆隐入夜的扑朔迷离中。几度梦回，几度寻梦，父亲竟已迈不出曾经矫健的步履，挺不直曾经硬朗的腰身，发不出曾经摇撼三山五岳的呼啸，完不成力拔千钧的壮举……父亲老了，而挥洒于山岭间的心血，却已长成无边森林。

又是一梦，梦入忘川。曾经在砍砍的悲歌中倒下的巨树，曾经光秃得禽兽无处藏身的荒坡，曾经龟裂的田地山川，曾经土钢横陈大地饮泣，颗粒无收哀鸿遍野，犹如一场噩梦，如此揪心。

雄劲的山风吹起来了，壮阔的林涛动人心旌，巨树倒下的地方重又长出参天林海，山风过处不再是漫天黄沙，禽兽找到栖息生养的归宿了，久旱的大地唤来四季的甘霖。

天空垂下黑色的帷幔，一切皆隐匿了，只有秋虫呢喃，鸟兽啼鸣，朴实的山村一如沉睡的婴儿，安享天籁齐鸣的欢欣。

父亲，你说我是你心尖飞出的希望，你说我是你茧手磨出的精灵，是山的精魂山的雄鹰。就让林海托起我坚如铁石的翅膀，我将扶摇羊角，翼搏星云。

那条小路，依然驮着你沉重的步履，你苍老了，苍老了满面皱纹白发苍苍，你苍老了，而你眼中的一切却愈显年轻，你苍老了，却仍凝聚着无尽的生命力。

你是绿荫。

母　亲

现在想起了溪谷，溪底的流水给荆棘遮住，远看不
见，只听得它潺潺歌唱

——【智利】加夫列拉·米斯特拉尔

一阵轻飔拂过，于是有一页发黄的记忆翩然，仿佛
迷幻中那只黄色的蝴蝶翩跹于扑朔迷离的梦乡。

我是一叶饱经波折的孤舟，一度在茫无际涯的人海
里闯荡。母亲，是您在海边送我，眼里充满慈爱和祈
祷，慈爱和祈祷便成了一条美丽的围巾，伴我远航。

漂泊的岁月，母亲，您的深恩给我无穷无尽的力
量。茫茫大海没有清新的和风没有沁人心脾的淡水，你
博大的爱让我感觉草原的碧绿山岳的挺拔还有清溪百折
不回的潺潺流淌。

无论狂风暴雨无论酷暑严寒，母爱无疆时刻导引赤
诚而执着的游子朝着理想的彼岸勇往直前乘风破浪。

坚信信鸽不会迷失方向，海面荡漾灿若星辰的动人波光。

母亲，今天，我回来了，太阳的七色光芒普照大
地，整个世界花红柳绿莺飞草长，而您，却已视线模糊
白发苍苍。

母亲啊，听听，您听听，海已不再躁动，轻柔的风
中，它在和谐浅唱……

随感三题

畸　树

在街边，有一专卖盆景的摊点，所有花树尽在花钵中虬曲挣扎，甚是凄凉。其中有一棵小榕树，亦被迫离开了广博沉厚的大地，失去参天机缘，瘦瘦小小地，一个劲儿地在花盆的方寸间扭捏着。这时龚自珍《病梅馆记》的字句又潜入我心房并猛然铿锵地敲打起来，直让我的心生出阵阵疼痛。唉，人之威猛就连自然之神都愧恧弗如！创造在人，毁灭在人，人把自然物毁了再去重塑，再去追怀，再去呼喊所谓的"回归自然"。

我说，大可不必！

人如蚁

在办公楼，凭窗俯瞰街道熙熙攘攘的往来行人，不觉滋生人如蚁的感喟。其实，人之劳碌如蚁，人之营生如蚁，这在古人已有感觉，"南柯一梦"记载的便是。但我自忖：蚁类懂所谓的游戏人生吗？人之游戏人生如蚁否？于是顿悟：人不如蚁。

其实，世上所有或萧条或繁华，全不过是过眼云烟，唯一真实而永恒的，是坚实而沉厚的大地。

高和低

从高处俯瞰低处，有一种感觉，叫满足。

从低处仰望高处，也有一种感觉，却叫压抑。

那么，还处于低处的我，决计用自己的血汗和泪水搅拌泥土，来建设理想的摩天大楼，竣工以后，我将永远立于顶上，向整个世界微笑！

◎

集外辑　诗语录

诗歌散议

*诗歌精神应该超越狭隘圈子摒弃地域偏见身份偏见而具备自由、平等、博爱、崇高等特质的广泛性的共同理想。

*诗是文化贵族精神沟通的唯一载体

*诗是一种情感的自然流露，孤情寡义之徒无以为诗

*诗只适宜于对诗和诗人不带任何偏见的人在静夜里独自细细品味

*诗人与浮躁庸俗之流格格不入，因此两者间绝不会有任何共通之处，彼此亦绝不可能相互接纳或赏识

*所谓"诗言志"，诗歌是否具有社会功能，具有多大的社会功能，究其根源，在于诗歌作品是否关注了民生，是否具有悲悯情怀，是否担了道义，担了多大道义。民生多艰，自古而然，《诗经》之所以伟大，正是因为它深刻而精妙地为那个时代造了像，蕴藏着巨大的社会功能。

*诗歌是一朵温暖人类灵魂的火焰。

*诗歌，为梦想插上翅膀，梦想的羽翼飞越万水千山，将众妙之门轻轻叩响。

＊诗之与画，是相通的，亦可以说，两者具有很多共通之处，至为关键的，是二者中的上乘之品皆具神性。我观陶渊明、王维之诗，再看米勒的画，便有这种感觉。就说米勒的画吧，米勒的画，即便那些比较粗糙的素描草图，也比那些精致的招贴画商品画更美、更能打动人心，缘何？实乃其作品，始终根植于承载万物的坚实沉厚而温暖的大地！再者，米勒的画相对于那些宗教画更具有静穆而庄重的神性，是因为画家本身就具有与生俱来的悲天悯人的神性品格。因此，欣赏米勒的画，就仿佛品读充满悲悯感人至深的诗。——致敬米勒！

＊诗歌，因其教化风俗的巨大社会作用，而足以高置神圣的殿堂，接受人们的顶礼膜拜。

＊真正的诗歌，或者说真正好的诗歌，必然是一种深切的灵魂自省和体验，它能直击读者心灵并使之产生强烈共鸣。

任性恣肆而又诗意盎然
——读韦斯元诗选《繁花》

庞 白

"我的烛独自燃烧在一座巨大的山谷里。/浩大夜晚的光线在它之上汇聚,/直到风吹起。/于是浩大夜晚的光线/在它的形象上汇聚,/直到风吹起。"（史蒂文斯《山谷之烛》,陈东飚译)

读韦斯元先生即将出版的诗选《繁花》,我蓦然想起了史蒂文斯的这首诗。

在广袤的世界上,人多么渺小、孤独,命运不可捉摸,虚无难以应对,时间的长河裹挟着我们的思想、目光、身体和生命,起伏沉浮。环顾辽阔的世界,作为一个诗人,如何面对繁华与贫涩共存、现代与古老同在、一成不变与刹那沧桑,这几乎是无时无刻都无法回避的拷问。于是,活着的和死去的、远去的乡愁、瑶族老庚、孔子、精卫、阿郎……在韦斯元的诗笔下呈现了,他和他笔下的角色,正与这个世界发生着紧密的联系。看得出,他看重他们,爱护他们,他和他们朝夕相处。在韦斯元营造的诗歌世界中,我相信他有时看得见他笔下的那些人,有时看不见;有时能明白他们的情绪,有时无法理解他们的行为;有时能对他们的处境感同身受,有时却难以捕捉他们的背影。日积月累,韦斯元用诗歌构建了一个属于自己认知和想象的世界——繁花般生机勃勃，又不可避免地面对死亡和遗失，却又从未失去祝福和希望。我相信，这个世界对于韦斯元来说，是真实的世界，是他生活中的世界。

"……遥远河岸边的百合花，清冷而肃穆，在真实陆地的中心，在这永远没有尽头的日子里。没什么别的，然而完全真实。"（费尔南多·佩索阿《不安之书》）

听说过太多岁月静好，读过太多顾左右而言他的句子，就知道书写真实的不易了。这方面，我认为韦斯元在严格遵循着他给自己设定的创作准则。

基于真诚的写作，值得阅读，值得期待，值得推荐。

于是，我把这一整本诗集一口气读完了。掩卷思索，我想梳理出自己对本诗集的主要印象，然而我发现这不太容易。它呈现出来的内容、写法，乃至诗的形式，都不允许我给这本诗集下一个简单的定义。如果非要总体印象，那就是：任性恣肆而又诗意盎然。

在人心波动、流派变幻、世态炎凉的当下，如果一个诗人的创作，一以贯之统一和固定，那真值得好好反思，甚至值得怀疑了。韦斯元的诗歌创作，在此背景中进行，呈现出写作手法多变、题材及内容丰富的特色，这说明，他是一个有创新意识，敢于探索的诗人。

虽然《繁花》的内容繁富，写作的时间跨度也大，但有一条主线是清晰的，那就是置身于历史的背景中，作现实的思考。这一点，也是我认为这本诗选最有价值和最让我欣赏之处。

对历史人物的严酷追问，以及对现实事件的深沉反思，是这部诗集的显著特色。前者主要集中在"第三辑鉴于史"中。在这一辑里，韦斯元对中国历史上赫赫有名的秦始皇、孔子、屈原、刘邦、项羽、杨贵妃等人进行了重新的审视。而对现实事件的反思，则贯穿于整本诗选，"第一辑岁月静好"和"第五辑挽歌，生生不息"相对集中，而抒情味道颇浓的"第二辑一抹桃红"和"第四辑短歌行"，也不乏此类篇章。把写作视野拉近，然后推远再重新审视，找到合适的位置，与笔下的人物、世界相处，这一定是写作能力、写作经验的体现。韦斯元应对此作了不断的尝试，效果十分明显。

从文本上讲，韦斯元有明显的文体意识，从内容到形式，从写作手法到语言习惯，从句子节奏到诗歌结构，他一直在变化，在调整，他在寻找一种更适合自己的诗歌。不过，在这寻找过程中，我也看到，他虽然一直在变化与调整，但似乎并急于或者说并不一定要找到某种固定的格式、形式。也许，走在变化过程中本身正是韦斯元所要寻找和需要的，而非结果。

以人物呈现社会变化，反映世态炎凉，《旗袍》一诗最明显。诗人撷取了刘巧儿2018年弥留之际这个背景，用一件旗袍、一张照片向后辈展现了她不为人知的东北姑娘的身份，曾经的豆蔻妙龄的妩媚，从而将一个生于乱世的女孩的命运大门，徐徐打开；1931年，奉天，刘巧儿的父母双双亡于侵略者刀枪之下；1937年，上海，刘巧儿的恩人大宝一家，死于鬼子的机关枪，对自己的命运彻底失去掌控能力的刘巧儿阴差阳错，成为"上海滩最美的旗袍只配一个人穿/上海滩最美的人儿得穿最美的旗袍//从此，东北瘦小的刘巧儿鹤立于百乐门的鸡群里……"；流浪到"我老家"大山梁，"巧儿在我老家又过上了五六年安稳日子"，之后，身不由己，在"激情燃烧的岁月"中，又不得不面对波诡云谲的"运动"，人性的残忍，邻里的坚忍、宽容和善良，度过了下半辈子。在历史进程中，刘巧儿如沧海一粟；在个人世界里，刘巧儿过得惊天动地。她的内心一天天滴着的是什么样的血？她的那些东北的邻居、奉天的朋友、上海的熟人以及大山梁里的乡亲呢？在社会的天翻地覆中，谁见证了他们的生老病死，或者说是谁记录他们曾来过这个世界？《旗袍》这首诗，不仅在内容上，而且在叙述方式、写作手法等方面也进行了大胆的探索：民歌，新诗、长短句、古体诗、散文、文字说明……在诗里交替呈现。姑且不论这样的写法是否符合当前诗歌相对统一的文体的标准，也不论这样的探索成功与否，如此创作，确实让人耳目一新。而且，这难道不是一个自觉持续给自己加压、愿意创新的诗人应该做的吗？

有了大胆的探索，建立创作谱系就顺理成章了。韦斯元的诗歌创作，在反应平民的生活和生存上着力不浅。《走高者》《欢乐颂》《一条落荒而逃的河流》等诗篇中，韦斯元记述了瘦子、父亲和拟人化的"直接击垮了一条豪迈的河流"等为代表的存在，在季节中的迷失、寒冷中的退缩与孱弱、时间和历史中的命运，不可自控而又不言自弃。这些应是他诗歌创作的源泉和底色。韦斯元在其"诗歌散议"小辑中认为，"诗歌精神应该超越狭隘圈子摒弃地域偏见身份偏见而具备自由、平等、博爱、崇高等特质的广泛性的共同理想。"正因于此。

同时，韦斯元对少数民族生活、内心感情等诸多方面，也均有大量个性化的记述。正如他在《目光》一诗中所写：鸟儿从天空飞过，它注视／云儿在天空聚散，它注视／日月普照寰宇，它注视/雨飔轻抚大地，它注视/它注视着天地间万物的存亡/就连小草拔节落霞溺水/也从没错过。对世界好奇并且热爱，虽然"爱和恨仿佛潮落潮起/风声雨声浸透我无奈的思绪"（《恋》），对诗人而言，这是一种值得羡慕的状态。

总而言之，韦斯元的《繁花》，可以清晰地看出，他在诗歌创作上求真、求新、求变，而且正在形成自己的诗风。

真诚祝福韦斯元先生的诗歌创作之路，如他所愿，更加开阔。

2020 年 10 月，北海

庞白，广西合浦人，中国作协会员，著有诗集、散文集《唯有山川可以告诉》《慈航》《天边，世间的事》《水星街 24 号》等。现居北海。

跋：《繁花》絮语

　　经过持之以恒的艰苦努力，《繁花》的结集工作终于基本完成，回想两年多来为整理这部诗集的所经所历，我的心情久久不能平静。

　　结集《繁花》，颇费心力。创作、收集、整理，然后修改，然后增删。心浸诗境，躬谋衣食，虽神往"采菊东篱下，悠然见南山"的超然，却无"不为五斗米折腰"的底气。毕竟那时的陶潜即便辞官回家，仍有一份属于他自己的一亩三分地可供耕作，不致完全断了稻粱。而我，以及如我一般的"上班族"，足下这土地，却没有一分一厘属于自己的。诗歌与稻粱不可兼得，几欲弃诗歌而取稻粱。然而，诗如素心，高标在上，不可割舍。生活如歌，不敢想象没有诗意的生活会是怎样一种生活。

　　"歌诗合为事而作"，然而，现实世界从来就不完美，当然不可能苛求命运单单垂青于你，给你十全十美的东西，包括人包括事也包括物。相对而言，诗歌创作是最不好也最不宜虚构的，而现实生活又太多残缺不全，特别是陷于太多禁忌境地的时候，写作便往往会有一种濒临悬崖的感觉，但还得往下写，怎么写？这个问题很长一段时间一直困扰着我，极度迷惘的时候，坐在电脑前，面对键盘老半天敲不出一个字。某天读汪曾祺先生，觉得先生有一句话说得很好，给了我很大的教益和启发：——以不同的方式表明与时代的不同，从异于时代的另一种辞章里与时代对话。我想，这正是高明的写作者面对尴尬处境时的写作策略写作态度和写作自觉。同时，最为难得的是，我们还有想象力可资借用，而想象力不是可以天马行空吗？因此写作者在创作过程中，常常需要把写作的时代多层化或错层化，同时借助想象力实现某种超越或横跨，否则一旦生活把你逼至悬崖，非摔你个粉身碎骨不可。我歌唱生活，并非生活特别垂青于我；我指责生活，也并非生活就一定有负于我。古人云，仁者爱人。所有人的爱恨情仇都应该可以进入写作者的文本。

真正意义上的诗歌写作往往同时兼及两个方面，一是对客观现实的接受和反映，一是对自我灵魂的审视和拷问。诗人极易大喜大悲，不乐则已，乐则乐及天下；不痛则已，痛则痛彻心扉。

2019年1月份，我有幸参加了鲁迅文学院少数民族文学创作班，学习结束前的那个周末，难得有闲暇，我便独自到清华北大和长安街闲逛了一整天，那天从北大出来，已是薄暮时分，但浩茫的苍穹仍是一片无垠的湛蓝，彼时月现东方，群鸟绕着新月飞翔，一圈一圈地形成一个好大的阵势，那情形，执着而虔诚，所为何事，时多浮想，却百思不得其解。从北大坐地铁到天安门，已是至晚，浓浓的夜色里，漫步在宽阔而又漫长的长安街上，看游人如织，行色匆匆，所有看似毫不相干的生命个体，却常常无缘由地聚集一块、纠结一处，而最终人们将各自去向何方？无人知晓，就像那日夜奔流不息的江河，它们最后将流向何方？流向大海么？而大海最终又将流向何处？一系列物象闯入眼帘，一时悲悯，意象由是盎然，骤成《夜色》：

京城，广袤的大地/夜风徐徐，多了一份寒意/我独步长安街边/渺小如一只常被忽略的蚂蚁//戴着面具的人们骄傲而又崇高/像京杭大运河/缓缓地流淌在首都温馨的夜色里

是的，人生就像河流，过程中，主动或被动地接纳些什么，接纳了多少——有益的，无益的，以及有害的，这就决定了人或河流的格局。但倘要溯源，人之初与河流之滥觞无异。再想那绕月而翔的群鸟，不也是一个很好的意象吗？它其实既隐喻了主动和被动的关系，又形象地表现了追逐梦想的执念。挺切合我当时的心境和际遇。

鲁院期间的所见所闻所思，突破了一度妨碍《繁花》创作的心理障碍和认知的瓶颈，这"任督二脉"的打通，极大的助力了《繁花》的后期创作。虽然《繁花》之结集，在去鲁院之前已完成了最基本的体例。但是到鲁院后，经过学习、交流、碰撞，诗想的进一步丰赡和提升，却是《繁花》得以极为迅速地丰满起来的催化剂。在鲁院，《繁花》已是基本成型、含苞待放。

离开鲁院后，我加快了对旧作的考证、取舍、分类、编排，《繁花》之纂辑终于告一段落。其间，诗人、诗评家芦苇岸先生拨冗审阅，捋刀相助，洋洋洒洒数千言之《诗心似锦，花开有声》饱蘸芦苇岸先生一腔热忱，精妙绝伦、荡气回肠。而同为著名诗人、诗评家的庞白先生的嘉评《任性恣肆而又诗意盎然》，对《繁花》的评价可谓鞭辟入里、恰中肯綮，且又文采飞扬、感

人至深。勿庸置疑，大气智性、博雅弘通的诗序和诗评，极大地丰富了《繁花》的内涵，使之厚重，为之增色，同时也为读者阅读理解《繁花》提供了较为精确的捷径。

而我，这繁花的培育人，却无需去点评繁花中哪一簇鲜哪一簇艳，哪一朵饱满哪一朵出众，她们都是我的最爱。在此，特辑录方家对《繁花》的几段评价：

——韦斯元的诗写得很有情感，即有真性情在里面，如：想像下雪的另一种可能。有的诗写得画面感很强，让人如置身于境中，如与秋书。诗句也很美。有的诗又富于哲理，如奇石叹，芒种等。总之，他的诗都是言之有物之作，不见无病呻吟之虚。诗言志应是即指此意。(成曾樾，著名作家、鲁迅文学院原常务副院长)

——就诗歌成色而言，韦斯元的诗已有明显的"盛年气象"，这是经世之后的情感外化和自动的生命外溢。……一种至简的喜悦，和初心相切，与生命内在相关，从而构成一种与真正诉求相回响的花语，繁得通透，绽得有骨。当一个诗人进入他自己的语境，并索得朝向乌托邦的通道，那么，其所展现的，必然具有精神大观的盎然自信。(芦苇岸，著名诗人、诗评家)

——《繁花》，像一块玉，一块俗世难以谨见的玉，一块有天然审美价值和思想价值的玉，如同彩云之南的黄龙玉，这块玉太令人耐为寻味了，我相信一个只要在现世还不浮躁的人，只要读了《繁花》，便会有一种万般不舍的感动，《繁花》的丰富性和可揣摩性，足以令读者在内心反复琢磨，可以琢磨出一幅纷繁复杂的世相图，也可以琢磨出一幅繁花盛开的景致，但总会归结于灵魂的内省。(韦晓明，国家一级作家、小说家、散文家)

——我把这一整本诗集一口气读完了。掩卷思索，我想梳理出自己对这本诗集的主要印象，然而我发现这不太容易。它呈现出来的内容、写法，乃至诗的形式，都不允许我给这本诗集下一个简单的定义，如果非要总体印象，那就是：任性恣肆而又诗意盎然。

虽然《繁花》的内容繁杂，写作的时间跨度也大，但有一条主线是清晰的，那就是置身于历史的背景中，作现实的思考。这一点，也是我认为这本诗选最有价值和最让我欣赏之处。

对历史人物的严酷追问，以及对现实事件的深沉反思，是这部诗集的显著特色……把写作视野拉近，然后推远再重新审视，找到合适的位置，与笔下的人物、世界相处，这一定是写作能力、写作经验的体现。韦斯元应对此作了不断的尝试，效果十分明显。（庞白，著名诗人、诗评家）

——韦斯元的诗有着空寂和孤独行吟的景象。空寂者，禅空也；孤独者，驱先也，此二者皆为上境。诗人似乎在朝向先驱、朝向独醒、不异化、不同俗的方向前行，孤独是其生命的节拍器，先行路径上，一路风生水起，一路柳暗花明，但"能看到世界本真的慧眼，已与人们渐行渐远。"——一个坚持孤独先驱的人，更有资格成为真正的诗人。（西木，著名诗人、诗评家）

一千个读者就有一千个哈姆雷特。同样地，一千个读者就有一千种对《繁花》的解读。不论读者对《繁花》作出何种评判，我都能坦然接受，因为我知道，人类所有文艺作品都不过是自然界的仿制品，并且所有的仿制者都以为自己的作品是最好的，并为之沾沾自喜。唯有大自然，这伟大的原创者从不表白。

2020.4.1，于融州